U0909792

润物无声 万花竞放

嘉祥教育故事

向克坚 主编

随风潜入夜，润物细无声。

二十年昧旦晨兴的播种，风雨兼程的守护。教育的根是苦的，但其果实是甜的。

四川大学出版社

项目策划：徐　燕　王　冰
责任编辑：王　冰
责任校对：周文臻
封面设计：墨创文化
责任印制：王　炜

图书在版编目（CIP）数据

润物无声，万花竞放 : 嘉祥教育故事 / 向克坚主编
. 一 成都 : 四川大学出版社，2020.5
ISBN 978-7-5690-3835-4

Ⅰ. ①润… Ⅱ. ①向… Ⅲ. ①散文集一中国一当代
Ⅳ. ① I267

中国版本图书馆 CIP 数据核字（2020）第 169207 号

书名　润物无声，万花竞放——嘉祥教育故事
Runwu Wusheng，Wanhua Jingfang——Jiaxiang Jiaoyu Gushi

主　　编	向克坚
出　　版	四川大学出版社
地　　址	成都市一环路南一段 24 号（610065）
发　　行	四川大学出版社
书　　号	ISBN 978-7-5690-3835-4
印前制作	四川胜翔数码印务设计有限公司
印　　刷	四川盛图彩色印刷有限公司
成品尺寸	170mm×240mm
印　　张	14.375
字　　数	253 千字
版　　次	2020 年 9 月第 1 版
印　　次	2020 年 9 月第 1 次印刷
定　　价	53.00 元

扫一扫，听故事

◆ 读者邮购本书，请与本社发行科联系。
电话：(028)85408408/(028)85401670/
(028)86408023　邮政编码：610065
◆ 本社图书如有印装质量问题，请寄回出版社调换。
◆ 网址：http://press.scu.edu.cn

四川大学出版社
微信公众号

序言　教育的光与影

张圣华

著名教育家潘光旦曾经说过，教育就是大鱼带着小鱼游。这句话道出了教育的真谛，对我国教育的影响很深远。

但是教育又远不止于此，尤其是“大鱼带着小鱼游”所需要的“水”，实际上是教育最重要的内容之一。它极为复杂，又最容易被忽略，这也是目前一些学校的软肋。即使轰轰烈烈地搞校园文化建设，让口号上墙，将校训标榜在最显眼的地方，也难以保证校园文化真正入脑入心。这种标榜，其实不是真正的校园文化，更不能形成校园生态。真正的校园生态，其实体现在师生长期的行为习惯，他们的生活（包括学习）方式，他们相互启发、相互影响的生活态度等方面。

理想的校园生态是怎样的呢？这不好有标准答案。它允许有个性化差异，但不允许有方向性失误；它允许有各种创新尝试，但不允许突破底线。这种生态会融入孩子们的血液，深刻影响他们的成长轨迹。这就要求校长、老师对这一生态的建设要有清晰的责任意识，当然，能否实现这一点归根结底还是取决于办学者的胸怀和智慧。

笔者所在单位——中国教育报社曾经与嘉祥教育集团有过愉快的合作。在合作中，我们感觉到，嘉祥是一个难得的合作者，嘉祥人所展示的精神风貌令人为之一振。他们追求完美，积极向上，善于合作，敢于担当，常展露出舍我其谁的胆识，确实难能可贵。经过一个阶段的了解，我们发现这样的精神风貌得益于嘉祥教育集团顶层设计者的教育情怀、人生激情，和他们对国家对社会的责任担当。嘉祥的董事长向克坚对教育生态的培育有清醒的认识。

向克坚曾说：每个人内心在思考什么，这才是关键。

每个人想的，就是生态的内核。

如何影响每个人的思考呢？这其实是构建校园生态的难传之秘。

“随风潜入夜，润物细无声”，嘉祥每天在做的，就是她润泽生态的努力。

且看近期嘉祥：

庚子春，天下大疫。医护人员支援武汉，嘉祥第一时间决定，对医护人员的子女进行有针对性的帮助。之后，在举国隔离的日子里，嘉祥的“小金支教团队”一直惦记着小金的孩子们：要上网课了，那里的网络稳定吗？会不会突然停电？帮家里干农活会不会误课？支教的老师们一次次确认孩子们上网课的情况。

这是嘉祥支教团队的自觉，是嘉祥风貌的真实写照。

“利他”，这是向克坚先生特别强调的。如果校园中到处飘扬着“利他”的芬芳，每个人就都是受益者。“利他”者走向社会就是“利他”精神的种子，社会也会变得愈来愈好。这是嘉祥这片“水”的本味。

向先生说：既然我们做了教育，我们就要去思考如何通过渐进式的改革慢慢地回归到有利于民族的道路上来；把改造社会、利于民族作为嘉祥的办学指向。“为生活美好、社会吉祥”，这是嘉祥的基本追求，是“利他”精神的升华。

对于办学来说，有了方向，把住底线，就不至于犯原则性错误。

嘉祥强调校园内“空气清新”，让孩子们“有自主，有自由，活得舒畅一些”。自学生入学一年级，嘉祥就强调批判精神的培养，强调自主分析、推理，这是为了培育独立、自主的精神。这是“活得舒畅”的前提。与此相辅相成的，是嘉祥高度重视培养孩子的“高度自律”。世上不存在没有自律的自由。

这就是嘉祥的“水”，是孩子们每天呼吸的空气。

而这一切的源头，是20年前嘉祥出发时所秉承的理念：胸怀天下，敬畏教育，以人为本。

嘉祥以她的精神旗帜聚集了有着共同教育理想和情怀的一批教师，他们一起以坚韧不拔的毅力，追求卓越，驰骋二十载，创造了辉煌，为社会做出了不朽的贡献，为理想的教育做出了样板，这是令人感佩的，是可歌可泣的。

当太阳出来了，地上就有了生动的影子。

嘉祥的思想有了光芒，也就有了丰富多彩的故事。

打开《润物无声，万花竞放——嘉祥教育故事》，我们感叹于校长和老师之间令人神往的灵魂交流，感叹于老师和学生之间的心灵互融。改变人是难的，每颗心都是一把锁，但嘉祥的老师们都有“密码”。向社会讲一讲嘉祥故事，是一件非常有益的事，对嘉祥来说也是一次重新出发。

嘉祥不仅是四川的嘉祥，也是中国的嘉祥，更是世界的嘉祥。

谨以此序向嘉祥人致敬！

2020年4月27日于北京

目　录

守望篇：擎起精神之灯

教育之路艰辛漫长。教师——学生成长的引路人、促进者，以坚定不移的意志、关爱生命的情怀擎起“拼搏奋进，追求卓越”的精神之灯，照亮学生健康成长之路，在专业精进和业绩创造中超越自我，彰显价值。

教师追寻教育理想，牢记“立德树人”的根本任务，遵循生命成长的基本规律。信念，融化于精神和血液中；使命，落脚在日常的行为中；智慧，体现在转化学生的过程中；幸福，来自学生的感恩中。

陪伴篇：铺就成长之基

育儿之途有喜有忧。家长——学生成长的责任人、陪伴者，以从容开放的心态、殷切热烈的期待铺就“快乐生活，和谐发展”的成长之基，增强孩子健步行走之力，在探索育儿之道和理性回归中改善行为，增强实效。

面对复杂的现实，要摆脱急功近利的当下焦虑，告别无序竞争的慌不择路。爱心，倾注于日常的陪伴中；责任，体现在习惯的培养中；精力，投放于品格的塑造中；满足，来自孩子的成长中。

成长篇：迈向奋进之路

成长之行充满希望。学生——教育服务的众客体、受益者，以自立自强的勇毅、锲而不舍的坚持行走在“追寻梦想，创造未来”的奋进之路上，自我磨炼抗挫克难之功，在自省自悟和困境突围中释放潜能，拔节成长。

行于成长之路，跨越阻碍前行的沟沟坎坎，奔向人生旅途的诗意远方。力量，生成于老师的激励中；勇气，来自同伴的影响中；品格，提升于丰富的体验中；梦想，放飞于教育的天空中。

做教育就是播种幸福

(代前言)

向克坚

让更多人了解嘉祥教育的故事是我多年的愿望。

早在2013年嘉祥集团创建二十周年的时候，嘉祥集团就汇编了一本《嘉祥故事》，其中除了企业发展的历程，还有学校师生的故事，这些教育故事深深地打动了我，所以后来我也愈发关注那些发生在教育中的人和事。今天，嘉祥教育迎来成立二十周年，我拿到了这本汇集了嘉祥教育故事的书稿。读完后，我将内心的感动总结成一句话：做教育就是播种幸福！——这是我从故事中获得的感受，也是自己的人生感悟。

幼时，我家住成都新南门，就读龙江路小学。作为“学霸”（学校小霸王），调皮捣蛋、打架滋事是常态，所以我到四年级都没有戴上红领巾。四年级下期转学到金沙寺小学，姐姐“哀求”我说：兄弟，转学不容易，你能不能争取在毕业前戴上红领巾？我信誓旦旦地承诺了，结果依然我行我素，到小学毕业还是光着脖子。回家后，妈妈问我：还想不想读书？我摇摇头，不想读！于是，我直升了“家里蹲大学”——在家照顾两个小孩。说实话一点都不轻松，单说煮小孩的米糊（燷糊糊）吧，蜂窝煤炉的火候特别难掌握，边煮还得边搅动，要么搅慢烧焦了米糊，要么火大烫伤了手。折腾了半年后，妈妈问我：想不想读书？我毫不犹豫，想！就这样，在姐夫的帮助下，我去了他任教的解放中路中学。到校后，班主任拿着课本翻给我看，从后面翻到第一页，没有一页我看得懂的。他就跟我姐夫讲："你这小舅子学习太差了，得好好补补课。"于是，我每天做完作业就去向老师们请教，老师们看到我有向学之心，也乐意给我补课。一分耕耘一分收获，通过一年的努力，我从班上最后一名跃升到第 20 名。中考时，我以班上第 7 名的成绩考进成都树德中学。在那里，我遇到了几位终生难忘的好老师。

班主任李素琼老师，管理严格，教学严谨，爱护学生，奖惩分明。她因为我的错误撤了我"代理班长"的职务，但看到我的努力后，又推荐我担任学生会生活部副部长。同时，对于我的继任者的人选，她也征求并尊重我的意见。李老师对待学生和管理班级的方式，或多或少也影响了我日后管理企业的风格。教数学的游家騋老师既潇洒又严谨，浑身有使不完的劲儿。他讲课如打机关枪，激情四射、活力满满，一直在讲台上讲课到 70 岁。游老师说：教学生、站讲台我就有活力，不让我上讲台，不如让我回家等死。他对事业的激情一直是我所效仿的。还有教化学的陈丽惠和杨婉蓉两位老师，虽然我学习成绩不佳，但她们从没批评过我，还牺牲自己的休息时间给我"开小灶"。"再加把油"，她们热情的激励声至今犹在耳畔回荡。美国心理学家威廉·詹姆斯说过："人类本质中最殷切的需求是渴望被肯定。"我感恩于他们对我的影响，同时也传承了他们对事业、对教育的态度，"不放弃每一个孩子!"也成为今日嘉祥教育的一个重要理念。

1985 年，我从重庆大学毕业，被分配到北京中石化机关。一年后，我有幸入选第二批中央讲师团，到湖北孝感地区南部的汉川支教。我被安排担任其中一个培训班的班主任，教英语和计算机。那时我刚 23 岁，学生都是比我大三五岁的乡长、镇长。我不是师范出身，更没有任教经历，所以教育教学和管理班级的工作基本是在摸索中进行的。在这个过程中，我的教育情怀也逐渐萌芽了。

那时，每天早上，乡村老师会划着小船去接渔民的孩子，傍晚时分再把孩子一个一个地送回去。如果渔民当天收成不错，就会赠给老师几条鱼，收成不好就只能报以带着歉意的苦笑。学校的老师就靠着家长送的水产糊口养家。他们日复一日，心甘情愿地撑着船，往返于学校和渔家之间，为孩子们搭起了通向未来的桥梁。我那时便暗暗下定决心：倘若有朝一日涉足教育，一定不让我们的老师为生计而奔波。

此后，我虽然做过公务员，搞过房地产开发，做过石油贸易，也经营过酒店，涉猎了很多行业，但内心始终有一颗做教育的种子。1998 年，成都市政府有了发展“三环教育带”的构想，上级部门陆续出台促进民办教育加快发展的条例。“这是实现教育梦想的好时机!”我心有所动。在征得家人支持，全体干部职工讨论后，2000 年，公司用历年的资金积累，加上举债，创办了嘉祥的第一所学校。

为了追求办学品质，我拒绝了校长扩大招生规模的提议，而学校也开始了长达五年的连续亏损。为保障学校正常运转，稳定教师队伍，我卖地、卖股份，号召集团干部集体降薪，哪怕在最困难的时期都没有想过放弃教育。我们坚守共同的教育初心，只为办心目中的好教育。回望嘉祥教育这二十年，我要感谢校园里每一位园丁，感谢每一位嘉祥同仁，感谢所有在背后默默守望的嘉祥之友。

眼前这本故事集，让我看到曾经出现在我求学和成长路上的老师们的影子。正因为他们的无私付出在我的心中播下了种子，我的人生才有了“柳暗花明”的转折。嘉祥人大多敏于行而讷于言。虽然还有很多口口相传的感人故事没有书写，或未能入选，但就是这些部分收录的文字也能看出我们的老师是如何悉心呵护花瓣上的每一滴露珠，如何倾心教诲练翅的每一只雏鹰的。

教育的根本任务是“立德树人”。我觉得，我们做教育不仅仅在于教给学生多少知识，让孩子考上好学校，更重要的是让孩子成为“自然的人、完整的人、社会的人”，让他们真正拥有自主创造幸福生活的基本素质和能力。作为教育人，还有什么比培养和造就有益于社会和能创造自身幸福的“人”更有价值的呢？

所以，做教育不仅是播种，也是收获。其乐有三：在学校这个大家庭，教师、学生、家长，在一种温馨和谐的氛围中，怀揣“成全人”的美好意愿，相遇、相知、相守、相助，生长的能量让人生充满青春活力，让学生收获成长的幸福，此其一乐。种瓜得瓜，种豆得豆，不管干什么职业，只要真诚付出，都会得到承认和欣赏。教育者被承认、被欣赏是多方位、多向度、跨时空的，不因时间流逝、场域转换而改变，教育者的真诚付出和人格魅力会为学生、家长所铭记，为社会所承认，并实实在在地影响学生们的精神气质与言语行为，进而影响社会风气，从而使教育者收获被承认的幸福，此其二乐。教育是人类文明进程的助推器，建立在血脉和基因的承延之上，接力式地传承着文明和智慧，并在传承中不断地创新、突破和超越，永不停歇地奔向未来，走向美好。在这个过程中，教育者会真切地感受到职业的崇高和人生的价值，收获传承的幸福，此其三乐。

二十年不忘初心。当年播撒在我心中的种子，如今已长成一片郁郁葱葱的森林；办“好教育”，已成为我终生努力的方向；“百年名校”，也成为全体嘉祥人为之奋斗的共同理想。

二十年砥砺奋进。嘉祥教育从当年一所学校蹒跚起步，发展至今已达到

11所学校、8所幼儿园的规模，每一所学校都有着特色化的办学模式，分轨分层、多元并举。而今，嘉祥教育已成为四川民办教育的一面旗帜。

二十年悉心呵护。校园里书声琅琅、翰墨飘香，老师们不用为生计而奔波，一心只为教好书、育好人；学生们不再只偏重考试成绩，在全面发展的同时有了更多的选项。“为梦想拼搏”，不再是一句空话。

二十年辛勤播种。当年走进校园的嘉祥学子，毕业后秉承嘉祥精神，走向世界各地，如夜空繁星在每一个领域交相辉映。学校继续为走出嘉祥的学子提供支持，帮助他们在人生的每一个阶段心中不惑、底气十足；嘉祥校友会让校友之间、校友与母校之间互联互通、共谋发展，让校友感恩母校、回报社会。

合上书，久久不能平静，幸福感和自豪感油然而生，二十年昧旦晨兴的播种，风雨兼程的守护，其中有着不足为外人道的艰辛，然而我和所有嘉祥人都明白，我们为之努力的，也正是我们在过程中所收获的幸福。正如古希腊哲人亚里士多德所言，“教育的根是苦的，但其果实是甜的”。

题　记

自古以来，育养生命的田原旷野从不风平浪静。理想与现实，创新与传承，开放与坚守，自由与规范，统一与独立，顺从与叛逆，赏识与惩戒……教育中的人、事、物之间的矛盾冲突、问题化解、融合共生，营造出风雨交加与艳阳朗照交替的教育生态。

正是困境与希望同在，铸就了教育主体的坚守之志、克难之勇、务实之行，他们以忠诚的守望、倾情的陪伴助力生命向着美好奋力前行，高昂拔节。

嘉祥教育的生命历程，一路上留下那么多值得收藏的故事。这些故事，与广袤的教育疆域发生的海量故事神韵一致。这些故事，都是教育主客体以自己的经历、自己的方式讲述的生命守望的艰辛与期许，生命陪伴的纠结与欣慰，生命成长的困惑与喜悦。

教育在继续，生命在成长，故事在发生。一路走来，嘉祥以“拼搏奋进，追求卓越”的精神之光朗照生命：一篇篇播种幸福、创造生命美好的小故事，成为理想呼唤、心灵对话、智慧言说的交响，在育养生命的田原旷野久久回荡。

守望篇：擎起精神之灯

教育之路艰辛漫长。教师——学生成长的引路人、促进者，以坚定不移的意志、关爱生命的情怀擎起“拼搏奋进，追求卓越”的精神之灯，照亮学生健康成长之路，在专业精进和业绩创造中超越自我，彰显价值。

教师追寻教育理想，牢记“立德树人”的根本任务，遵循生命成长的基本规律。信念，融化于精神和血液中；使命，落脚在日常的行为中；智慧，体现在转化学生的过程中；幸福，来自学生的感恩中。

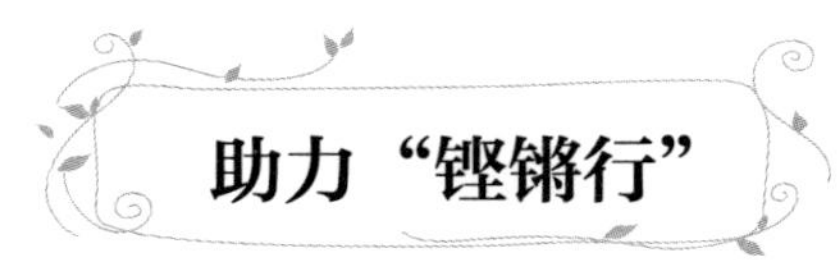

助力“铿锵行”

学生因年龄、个性、家庭环境方面的差异，在成长路上的行走状态不尽相同。教师的价值，正在于针对千差万别的学生，以爱心、责任和智慧为他们加持：在学生失落时鼓劲加油，在学生困惑时指点迷津，在学生情绪产生波动时耐心疏导，在学生行为出现偏差时及时调控，在学生进步时真诚赏识……让每一个生命满怀希望，铿锵前行。

打开“心窗”，唤醒自信

扫一扫，听故事

许　军

成都嘉祥外国语锦江小学

一个平常的日子，一节平常的语文课。

课文标题《做一个最好的你》已经写在黑板上，课前预设流程在课堂上流畅自然地进行，孩子们书声琅琅……一切都按照我的预设有序地进行。

最后的环节是完成语文书上关于自信的测试题——判断自己是否有自信，并了解增强自信的方法。根据经验，这个环节应该很受孩子们的欢迎。

“孩子们，你们是否是充满自信的孩子呢？下面，我们就一起来完成这份自测题。”话音刚落，孩子们就跃跃欲试。我走下讲台，巡视孩子们的测试情况。

几分钟后，孩子们纷纷放下笔，一双双充满笑意的、清澈的眼眸看着我。按照测试标准，回答有9～12个“是”的，就是充满自信的孩子；如果有5～8个“是”，就是比较自信的孩子。我们嘉祥的孩子，怎么会有不自信的呢？

“孩子们，下面我来统计一下，回答9个‘是’以上，包括9个的请举手。”我注视着讲台下方，一双双小手如小树般直立在我的眼前。“一、二、三……”我高兴地数着，有27个孩子！“祝贺举手的27个孩子，你们是充满自信的孩子，你们的自信心会帮助你们走向成功。”教室里响起了孩子们开心的笑声。“请回答5～8个‘是’的孩子举手。”一只只小手又高高地举起。应该有18个孩子举手，我心里计算着，班上一共45个孩子。咦，怎么只有17个孩子举手呢？我又仔细地数了一遍，没错，是17

个。难道，有 1 个孩子没举手？我不禁皱了皱眉头。“我要祝贺 17 个孩子，你们是比较自信的孩子。不过，有时候也会有一点儿不自信，没关系，相信你们能通过努力做好每一件事，使自己有更强的自信心。”举手的孩子满脸的光彩。

“不过，哪个孩子刚才没举手呢？”座位上的孩子们面面相觑，是谁？要知道，以往从来没有出现过这样的情况。一阵沉默后，一只小手从我右侧缓缓地举起来。是他，原来是他——一个这学期刚刚转学来的孩子！开学快一个月了，而他总是郁郁寡欢的样子。我单独跟他聊了几次，几乎没有什么作用。“你画了多少个‘是’？”我平静地问。“嗯……”他的声音微小、低沉，引来旁边孩子捂嘴窃笑。我不想让这节课耽误下去，只想快点结束和他的谈话。又是一阵沉默。眼看一堂课快要结束，我可不愿把时间浪费掉，声音不禁高了几分：“你能说说你画了多少个‘是’吗？”好多孩子的目光都投向他，大家等着他的回答。“一……一个。”他低着头，嗫嚅着。“哈哈哈……”教室里终于爆发出笑声。我赶紧敲敲讲台：“大家先别笑！你为什么只画了一个‘是’？”真是难以理解，再不自信，也不至于只画一个“是”呀。随即，我又觉得自己问得太愚蠢，孩子画一个“是”，肯定有他的理由，难道他会故意让自己难堪吗？我缓和了一下自己的语气：“能说说你画的是哪一项吗？”他的脸红了，拿起课本说道：“第八个问题。”我看了一眼书，测试题的第八个问题是：“我知道有些人不太喜欢我，但我并不为此感到担忧。”“我想听你说说，为什么对这一条你有自信？”我急于得到答案。“我不在乎别人怎么看我，反正我习惯了。”他一口气说出这句话，让我吃了一惊。

我吸了一口气，轻声地问：“你觉得其他问题很难回答的原因是什么？”我想听他说心里话。“我成绩不好，有十一个问题都做不到。”“哦，成绩不好就什么都做不好吗？”我的声音尽量平和。此时，我灵机一动：为什么不请其他孩子来说说对成绩的看法呢？于是，我请一个成绩落后的孩子说说他对成绩的认识。他振振有词：“虽然我现在成绩不好，但是妈妈说只要尽力就行，我在其他方面很好。再说，我已经有进步了。”多阳光的孩子，我点点头，又把目光投向了他，而他面无表情。“你转学到这里来，还不习惯，这里成绩好的同学很多，你认为自己比不上他们，每次考试都没有信心考好，对吗？”他点点头。“成绩当然重要，不过还有比成绩更重要的，那就是一个孩子的习惯、态度和勇气。有了这三样东西，就有了挑战自我、战胜困难的信心。你来到嘉祥，不仅仅是为了提高学习成绩，还要做一个更自信、更快乐的人。”这时，我请一个平时成绩不太好的孩子说说他的自信心从何而来。他说：“我跟自己比，不和别人比，只要自己有进步，我就很自信，说明我的努力没有白费。”我笑了：“孩子们，刚才的同学说得很好，自信和一个词密不可分，那就是‘努力’。做好每一件小事，就是在做最好的自己。我们要学会为自己加油，为自己喝彩，坚持不懈地认真做好当下的小事，自信就会伴随着你。”我看着那个不自信的孩子，他的目光依然迷离。“我觉得自己在这里没有什么优点。”他下定决心似的说出这句话，其他孩子诧异地看着他。我正想说点什么，但下课铃声响了。这时候，我看着讲台下的孩子们：“很抱歉，我要耽误几分钟课间休息时间，凭借你们这几周对这个同学的观察，谁能说说他有什么优点?”一只只小手高高举起。“他在寝室里帮助同学，谁在床上让他递什么东西，他都很乐意。”“就是就是，我洗脚的时候忘了拿帕子，请他帮我拿一下，他就帮我了。”“我上次不小心碰掉了他的书，他也没生气，还说没关系。”“我向他借电话手表，他都同意了。”……孩子们你一言我一语，举了许多他平日的优点。他自己竟不好意思地低下了头。“当局者迷，旁观者清。你看，你有这么多优点，你竟然还不知道。”我笑着说，“看来，你并不像你自己所说的那样没有什么优点，你应该对自己有信心。”很多孩子都向他投去了肯定的目光。这一刻，他的目光有了几分释然，我能感受到我与这个孩子的心又拉近了几分。

这一刻，我感觉终于找到了打开孩子“心窗”、唤醒孩子自信的方式。之后，我们的交流变得顺畅多了，自信也渐渐地回到他身上。嘉祥的校园，又多了一张充满希望的笑脸。

让孩子扬起前行的风帆

孩子在成长过程中，受制于教育环境、教育方式、个性特点、认知能力等因素，常常会被庸俗的世界迷惑了双眼而找不到前行的方向，被狭隘的认知挡住了道路而踯躅不前……每个孩子的情况不一样，问题的表现和原因也不尽相同。为此，教师需要找到问题的症结，掌握打开孩子心灵的钥匙，找到打开孩子“心窗”的方式，只有这样，才会让孩子的心灵充满阳光，充满希望，才能让他们勇敢地跨越前行的障碍。在这个故事中，教师面对刚转学而不自信的孩子，耐心倾听，找到孩子问题的症结所在，并发动其他同学帮助这位孩子找到优点，使他增强了自信，扬起了前行的风帆。

“刺头”蜕变记

李 婷
成都嘉祥外国语学校成华校区

扫一扫，听故事

一盏心灯氤氲着一室幽香，一缕思绪牵引着一次旅行。

记忆中那个秋高气爽的上午，还沉浸在初为人师兴奋中的我，一大早就来到办公室反复熟悉教案、修改课件……我比以往更急切地迈进了教室，孩子们向我投来期待的目光。教学进行得很顺利，孩子们沉迷于温馨感人的故事中，时而感叹，时而紧张，时而微笑，课堂气氛非常热烈。大家在共同交流和探讨后，最终归纳出文中的渔夫是一个勤劳、善良、有担当的人。

然而，就在此时，教室右边的一个角落却突然冒出一只高举的手，举起的一瞬间是那样坚决而有力，以至于我和全班同学的目光都被吸引过去了。原来是小谈！几乎每个班都有几个“刺头”般的“熊孩子”，小谈就是入学这短短一周中最先冒出来的“刺头”。他的学习基础不是很扎实，还特别喜欢“标新立异”，这是我和其他科任老师的共同评价。记得前一天，他还在课堂上直接顶撞了英语老师。他是要再接再厉，将“刺头事业”进行到底吗？我不禁抖擞精神，做好了“迎战”的准备。当我示意他站起来表达自己观点的时候，这个孩子便迫不及待地脱口而出：“老师，我觉得渔夫并没有那么善良，既然打不到鱼，为什么晚上 11 点才回家？还不如早点回家帮助忙碌的妻子，他这样做是在逃避责任。”

什么？逃避责任？我们刚刚用了大半节课的时间来分析主人公形象：渔夫分明是善良的、有担当的，而“刺头”与教材的解读却截然不同。教材中“我的视角”传达的是对“桑娜很高尚，渔夫更高尚”的情操歌颂；教参中也满是对两位主人公的品德赞美；我在备课和上课中也对两位主人公持同样的态度。这个孩子所提问题的角度，是我从学生时代学这篇文章起，到我现在备课时从来都没有考虑过的。

我准备借机“装腔作势”一番，拿出班主任的“威信”，打压一下他的“锐气”。就在此时，我不经意间看了看小谈，这一看却让我产生了莫名的自责，因为我清楚地看到，他的表情并不是往常那种“恶作剧”成功后的洋洋得意，反而是一种期待的，甚至有些怯怯的神色。我一时不知该说什么，教室里鸦雀无声。还好，下课的铃声打破了这份沉寂，我匆匆宣布下课。

回到办公室，坐在椅子上，我的心却始终揪着，小谈的那个眼神给我太深刻的印象。而此时，我细细回想他刚才提出的问题，他的观点虽然有些偏激却不无道理，虽然不是主流却不失为一个新颖的角度。如果直接否定小谈的想法，将其强行拉回主流认识的轨道上，那他一定会很失落。毕竟，他刚才的眼神分明充满了渴望和期待。如果对他的观点进行肯定，那这个尺度又该如何把握？如果把握不好，孩子们会不会在以后的学习中故意独辟蹊径？正当我不知所措时，同办公室的老师们正好上完课回来，听了我的叙述后，也一致认为这个孩子很有想法，应该有所肯定。与前辈们交流后，我终于想清楚：好的课堂应该是让学生课前有一种期待，课中有一种满足，课后有一种留恋。伟大的教育家叶圣陶说过：“教师为之教，不在全盘授予，而在相机诱导。”对语文学科来说，更是如此。作为工具性和人文性合一的学科，语文的教学过程必然同时涵盖语文知识的传播和人文的关怀。因此，学生的独特体验是应该受到保护和尊重的。

在接下来的课堂上，我先让小谈重申他的观点。当我叫到他的时候，他先是一惊，然后再次表达了他的观点。接着，我对全班同学的意见进行了统计，结果是绝大多数孩子都不同意他的说法，只有几位同学选择了赞同。这时，孩子们都将期待的目光投向我，等待着最后的“裁决”。我微笑着对小谈说：“你的思维很活跃，能从不同的角度思考问题。老师注意到，你之所以否定渔夫的善良，是因为你是从桑娜的角度出发的，你看到了桑娜的忙碌和艰辛，看到了她带三个孩子的不易，你对这个人物充满了同情，这说明你是一个非常善良的孩子，并且很有家庭观念。这一点值得大家学习。”此时，我发现小谈的嘴角微微上扬，露出了羞涩的笑容，其他的同学也向他投来赞许的目光。我稍微顿了顿，接着说：“小谈同学通过仔细阅读课文，抓住了文中的这处细节，勇敢地提出了思考和质疑，这种学习研究的方法有一个专有名词——‘文本细读’，这可是老师的老师在大学里面才教给我的知识哦!”说到此处，教室里响起了自发的掌声。接着，我补充道：“大家刚才也看到了，有些同学是支持小谈的观点的，但大部分同学并不同意他的观点，我想听听这部分同学的看法。”

渐渐的，课堂的气氛热烈起来，讨论的范围也扩大了。孩子们围绕着文本的细节，讨论渔夫的处境，分析桑娜的心路，设想《穷人》的结局……故事中的人物在讨论中逐渐丰满起来，学生的情感体验也丰富起来，教学因此取得了良好的效果。

“课堂应是向未知方向挺进的旅程，随时都有可能发现意外的通道和美丽的图景，而不是一切都必须遵循固定线路而没有激情的行程。”著名教育家叶澜教授说得好，孩子们的思维异常丰富而又不拘于定式，它们是一颗颗“不定时炸弹”，也是一簇簇“璀璨烟花”。每一次语文课都应该是一次学生与文本的深度对话与结伴旅行，并且能让他们在旅行中收获满满。

从那次课堂之后，小谈的“刺头”行为逐渐减少，有道理的质疑逐渐增多，且学习信心大增，越来越主动。如今，在各科老师心目中，他已完全摆脱了“刺头”的称号。

每粒种子都有生命力，都有发芽成长的渴望，我们只要给予适宜的空气、阳光、温度和水，种子总能发芽、生长、开花、结果。

拓展思维放飞的空间

在现代教学中，学生的求异性思维尤其值得尊重。“老师，我觉得渔夫并没有那么善良，既然打不到鱼，为什么晚上 11 点才回家？还不如早点回家帮助忙碌的妻子，他这样做是在逃避责任。”面对学生与标准答案截然不同的认知表达，初为人师的李老师并没有“一棍子打死”，而是在“举棋不定”中向同行请教，在深度叩问中寻求解决问题的办法：充分尊重学生的求异性思维，拓展思维放飞的空间，在深入讨论中让学生获得正确认知，达成教学目标。

“种子选手”回来了

扫一扫，听故事

邓婷婷
都江堰市嘉祥外国语学校

我很多年没带一年级了。学校安排我带一年级，我便在想象中悄悄描绘着一两年后，在自己的有效管理下，班上的孩子热爱学习，班风正、学风浓，班干部善于管理的画面……怀着这个愿望，开学后我便全力投入到班级管理之中：训练坐、站、排队、说话、听讲……一切都有条不紊地进行着。

在此过程中，我也在悄悄观察、寻找。我要寻找的是一位“种子选手”。对这个“种子选手”的要求可不低：一要学习好，识字、拼读、表达、书写要在全班处于领先位置；二要管好自己，会站、会坐、会听讲；三要能帮我管理别的孩子，愿意管、会管、管得好。这“种子选手”就是我的“班长人选”。

开学没几天，有一个孩子进入了我的视野。她，杨同学，个子不高，只能坐第二排；眼睛不大，还戴着一副老气横秋的眼镜。瞧，她坐在教室里，永远是认真努力的样子。上课时，总是标准坐姿，眼睛随时跟着我转，积极发言，表达清楚而准确，关键是还认识很多字；下课后，从不调皮，看看书、画会儿画、聊聊天；做操时，那认真的样子，连我都觉得只能用“一丝不苟”这个词语来形容了。这不就是完美的“种子选手”吗？我开心极了，为自己“阅人”的精准而骄傲。

看上她的，可不止我一个。我和数学、英语老师碰了头，大家都不约而同地提到她。我们都赞叹于她的自律，纷纷争着、抢着想让她成为自己学科的科代表。不过，班主任嘛，近水楼台先得月，我心里盘算着，一定要把她

“抢到手”。

可就在这“三科会盟”之后的第二天……临近八点二十分，班上的孩子陆续从食堂回来，开始早读。教室里有个座位空着我也没在意，以为这孩子还在回教室的途中，所以继续埋头批改前一天的晚辅作业。“邓老师!”谁在叫我？抬头一看，是物业部门的陈经理。陈经理一大早就找我，这可是新鲜事。我站起来，随着陈经理来到教室外，赫然发现，教室外站着一个孩子，是杨同学！我懵了，出什么事了？她捣蛋了？破坏公物被陈经理抓现场了？不会啊，她不是这样的孩子。陈经理看出了我的疑惑，赶忙说道：“这孩子不肯进学校，在校门口哭……”什么？我更懵了。杨同学不肯进校门？这从何说起？我仔细回想了前一天班级的学习和生活情况，没人欺负她，也没人惹她，老师们可都是把她当成宝贝一样在争抢呢！我看了看杨同学，催促她：“快进教室上课!”她看了看我，还是很听话地走进了教室。我笑着跟陈经理说：“可能年龄太小了，一年级经常会出现这种情况。”

可没想到的是，我第二天在食堂吃完早餐回到教室，一掏出手机，杨同学的照片就映入眼帘：在校门口，她正张着嘴大哭，值周老师在一旁劝着。照片下方有一排字：哪个班上的同学？在校门哭，不肯进来。“我的天！这下出名了!”我转身快步走出教室，奔向校门。杨同学一看到我，哭得更厉害了。

虽然心里有一股怒火在冒，可大庭广众，我也不好意思批评她。我轻声地说：“回教室去!”她一听，眼泪流得更厉害了，边哭边喊：“不，不！我要妈妈!”我深吸一口气，弯下腰耐心地劝解。好说歹说，把这小家伙劝回了教室。

第三天早上，我心里微微有些担心：不知道她是否会上演同样的戏码。果然，电话铃声响起，保安处的电话号码出现在我的手机屏幕上。

与前两天的哭闹不一样的是，今天的杨同学显得非常激动，小手紧紧拉住校门的栅栏，边哭边叫：“保安叔叔欺负我!”保安处的同志们一脸憋屈，在旁边苦笑：“我们就是劝她两句……”我的耐心劝解显得毫无作用，她又叫又跳，一副不讲理的样子。我的心瞬间下沉，这样的事情连续几天上演，必然不是偶发事件了。我很可能就要失去“种子选手”了……

意识到事情的不寻常，我果断拨通了家长的电话。第三节课，我与她的爸妈在教师休息室见面了。一个小时的推心置腹后我才知道，杨同学是个学习能力强、有主见的孩子，但对妈妈过分依恋，并且相当执拗。开学前三周的优异表现到底是“正常”还是在“强忍”下完成的呢？一场与这个小不点的拉锯战就此展开……

哭，依然。于是，我建议妈妈一早“出差”，让爸爸送她来上学。当她找不到依恋对象时，对着爸爸又哭又闹。来到学校后，我装作看不到她的哭闹，只问她：“吃饭了吗？快去吃吧！”

第五天，哭，依然。我只得向她妈妈建议：约法三章，早上送到校门，只允许和妈妈说三句话就说“再见”。下午，我在发每周的表扬信时，给她发了一张“坚强勇敢”的表扬信，并和她拉了勾。

第二周，星期一，她又哭了……我问她：“你为什么不遵守我们的约定？”她告诉我：“我心里住着一个调皮鬼！”我便告诉她，我可以帮她把调皮鬼从心里赶出去，我用力地摆动双手，在她胸前挥舞着，还不停说着：“赶出去！赶出去！”我甚至还叫来旁边的小朋友，和我一起赶。望着我们夸张的动作，她嘴角有些上扬。

星期二，继续哭……我在全班面前表扬了她，字写得好，说话完整又清楚，特别奖励了她两张大拇指贴纸。

星期三，好像有点好转……早餐回来后，我安排她带着全班孩子朗读。说真的，她的领读真的很棒！

星期四，没哭了。

星期五，也没哭。

第三周，还是没哭。

艰难的几周终于过去了。上课时，她总是标准坐姿，眼睛随时跟着我转，积极发言，表达清楚而准确……这不还是那个完美的“种子选手”吗？

就像一块石子激起湖面的波纹，湖，总会恢复平静；又像飞鸟打破了林子的静谧，林子，总会恢复安静。孩子的成长何尝不是如此？

静静地等待、陪伴、帮助，孩子的心灵终会风平浪静。

教育，需要等待

故事中，目送孩子跨入小学大门，父母充满忐忑；迎来稚气学生，老师手忙脚乱；面临新环境、新要求，孩子们更是迷惘无措……面对不适应新环境的孩子，教师与家长共寻对策，以理解、宽容面对孩子不良行为的“反复”，不急躁，不灰心，耐心引导孩子渡过环境适应的难关。每个孩子的成长都不是一帆风顺的，都要经过一段或长或短的艰难的磨炼，教育需要静待花开，才能迎来雨后彩虹、烂漫风景。

跑道上的“约定”

王志超
成都嘉祥外国语学校

扫一扫，听故事

体考，一直是初中生心上的一个坎。对于体能素质较好的学生来说，它并不是一件难事，但对体能素质较弱的学生而言，却是中考中最难的一道关卡。这就需要我们这些体育老师的引导和科学的训练。

在去年我所教的初三班上，有位男生，个头小，也不爱说话，在体育课上常常一个人在操场边晃悠。从初一到初三，他对体育课好像并没有特别热爱，只是按部就班地完成上课内容。自然，他的体育成绩很难有大的提升。

在第一次体育模拟考试中，他的成绩并不理想。当时，我一直站在操场边上看着他跑 1000 米，并在他冲刺的时候对他大喊“加油”。他似乎很意外，在冲刺的时候连连看向我。考试结束，我准备返回办公室登成绩，背后突然传来清脆的声音：“王老师，请等一下！”我愣了一下，转过身，发现是他，心中更加惊奇，因为他从来没有和我主动打过招呼。我笑着对他说：“跑完 1000 米累不累呀，赶快回去休息一会儿。”但这个矮矮的男生双手绞着袖子，低下头，用几乎听不见的声音说：“王老师，那个，我想来找你问一下怎样才能提高体育成绩……”我又愣住了，心中有一点小小的欣喜，但还是严肃、认真地给他讲了体育成绩提高的方法和训练的技巧，并与他有了跑道上的约定，同时鼓励他：“只要平时坚持训练，就一定会获得满分。”

从那以后，每天晚自习后，我都能看见他在操场跑步的身影；每天体育锻炼，都能看见他认真地做蛙跳、做鸭子步。他还时不时到我办公室来，让我分析他的成绩。在这种时候，我好像并不是他的老师，而是他的朋友。

就这样一直到了体考那天，他像上战场的战士一样，向我敬了个军礼，大声说道：“报告王老师！我保证完成体考满分的任务！”我也回了一个军礼：“同志加油！”

时间在秒表上溜走，青春在操场上绽放。他冲过终点线时洒脱的身影，兴奋激动的喊声，让我觉得这个男孩真的长大了。回到学校，他满怀敬意地站在我面前说：“谢谢您，王老师。”就是这样一句简单的话，让我认识到作为教师，应该为学生的成长做些什么。

做学生成长的“摆渡人”

桃李不言，下自成蹊。师德的崇高，不仅在于“言传”，也体现在“身教”中。在这个故事中，王老师抓住那位矮矮的男生在体育模拟考试中遭遇“滑铁卢”的契机，与学生在跑道上进行了美好的约定，并在以后的课堂上、训练中耐心讲解、真心鼓励、细心指导，帮助学生切实提高了体育成绩，顺利地渡过学业难关。习总书记说得好：“一个人遇到好老师是人生的幸运，一个学校拥有好老师是学校的光荣，一个民族源源不断涌现出一批又一批好老师则是民族的希望。”是的，教师就是学生成长的“摆渡人”，肩负着国家的重托和民族的希望，将一批又一批学生载向理想的彼岸。

靠近我，温暖你

王艳燕
成都嘉祥外国语锦江小学

扫一扫，听故事

秋日的阳光流淌着一股温暖，透过稀疏的枝叶在校园的小道上留下斑驳的光影。

“王老师好！”一个健壮高大的身影、一张熟悉的笑脸突然出现在我面前，这个已经在嘉祥上高二的孩子，勾起了我多年前的那段记忆……

那是七年前，我遇到了一个让我永生难忘的男孩子。记得那天是班级大队委候选人的自我推荐会，一个眯缝着小眼睛却神气活现的男生表演了一个魔术。他灵活的动作、夸张的表情、能说会道的嘴给我留下了深刻的印象。飞飞，就这样走进了我的视线。那天，他“圈粉”无数，以全票通过获得了大队委候选人资格。他每天去各班演说，最后成功竞选为学校大队委。

他每天活跃在学校大队部，除了上课在教室，基本看不到他的人。刚开始，我以为他是工作负责，主动去大队部参与工作，可渐渐的，我发现情况并不是这样。常常有同学告他的状，反映他不是今天捉弄这个，就是明天“修理”那个，还满嘴的粗话脏话，特别是在寝室里，他总是喜欢欺负那些性格软弱的同学。随便找一个同学了解他的情况，都会听到他一大堆问题。

随着时间的流逝，他开始变本加厉，常常用恶毒的语言伤害同学，把别人的学习物品偷偷扔掉或藏起来，甚至在课堂上挑衅老师，所有的同学一致抗议，要求撤销他的大队委职务。就连开始挺喜欢他，觉得他能力很强的大队部辅导员也无法忍受他了。因为他常常不经过辅导员的同意，自作主张地做事，造成了恶劣的影响。最后，我们经过商议决定暂时撤销他的职务并进行观察。

从那以后，下课时，我常常看到一个孤独的身影，不是在座位上看书，就是到处游荡。他有事没事就在我眼皮底下晃荡，我能看到他眼中的失落和渴望。

其实，这个孩子是有很多优点的。他特别聪明，做事时头脑特别灵光，很会动脑筋想办法，是个有很多奇思妙想的孩子。如果能好好引导，一定会成为一个人才；如果孤立他，排斥他，让他自暴自弃，就会影响到他的终身发展。

看到失去职务的飞飞那孤独的身影和失落的眼神，我情不自禁地想靠近他，温暖他。

那次班委改选，他从大队委候选人开始竞选，以零票惨败后，又去竞选中队委，结果是同样的结局。但他仍不甘心，一直站在竞选台上，希望获得一个劳动小组长的职位，结果没有一个同学为他举手。而我为他举起了手，因为我看到他眼中失望的泪花，我被他的锲而不舍打动了。那一刻，我下决心一定要好好引导这个孩子，保护他的自尊，点燃他的希望，让他良好的意愿驱赶不良的行为！

于是，上课时，我加大对他的关注，让他大胆发言并及时鼓励；下课时，我让他到办公室做卫生，负责为年级印试卷；做得好时，我会悄悄给他一颗巧克力。相应的，我也看出了他的感动……每天早上来到办公室，我的桌上都会有一杯热气腾腾的茶，我的心总是暖暖的。

我一个人的努力不足以改变一切，必须依靠同学的力量才能真正使他走出成长困境。趁他去帮助年级印资料，我和班上其他同学进行了一次交流，引导大家列举他的优点。我说：飞飞是有很多让人难以忍受的缺点和问题，但我们是排斥他、把他推向深渊，还是包容他、助他走出低谷呢？

我们班的孩子是善良的，大家一致决定要帮助飞飞，走近他，给他温暖。就这样，在同学们的包容下，飞飞逐渐融入这个班集体，越来越多的同学愿意和他交朋友。但事情并不是想象的那样一帆风顺。

一次，由于他前一天晚上在寝室欺负同学，我一早就和他谈心交流，他也认识到自己的问题所在，并诚恳地向我保证不会再犯，我拥抱了他，并目送他回教室。可是不到一会儿，我就听到教室里传来一阵喧哗。原来是他因为和同学之间的口角顺手抓起桌上的水杯砸向同学。尽管没有砸到人，可是当我冲进教室，看到那个躺在地上的水杯时，想着可能会造成的流血事件，想到我刚刚对他说的推心置腹的话被他置之脑后，强烈的无力感使我无法抑制内心的失望和沮丧，眼泪瞬间涌了出来。本来以为我会大发雷霆的同学和飞飞都呆住了，教室里瞬间鸦雀无声，飞飞的眼眶也红了。他犹豫了一会，看到我转身往外走，突然过来抱住我，抽泣着说："王老师，我错了！"我转身抱住他，尽情痛哭起来。从那一刻起，我真正看到了他眼里的悔过，看到了他改正的决心。

毕业时，他以年级第二名的成绩考上了七中嘉祥，并获得了一等奖学金。毕业那天，他抱住我说："王老师，我爱您！"那一刻，我感到了无比的幸福！

"大爱" 成就学生美好的明天

教师对学生的爱就是流淌在班级之池中的水，时刻滋润着学生的心田。但是，爱不是一件简单的事情，它是一门科学，也是一门艺术，还是一种能力。正如高尔基所言："爱孩子，这是母鸡也会做的事。但要善于教育他们，这就是国家的一件大事了，这需要才能和渊博的生活知识！"教师只有具备深厚的爱生之情和爱的智慧，才会时刻把学生放在心上，为他们撑起爱的天空；只有感受到教师的爱，学生才会敞开心扉，真正做到"亲其师，信其道"。在这个故事中，面对问题多多、反复无常的男孩，教师并没有放弃，而是一如既往地关心、呵护，并发动同学帮扶。在浓浓的爱心的呵护下，孩子努力改正缺点，逐渐走向了成功。可以说，教师的"大爱"成就了学生美好的明天。

卖梦人

扫一扫，听故事

廖　磊

成都嘉祥外国语锦江小学

十年前，只有七岁的他，因为缘分，站在了我面前。九月的阳光带着金桂的香气，特别的甜腻，而他却挂着两行眼泪，可怜兮兮地嚷着要妈妈。我搂着他，哄着他，给他擦着眼泪，告诉他学校有多美，小学生活有多好……

转眼一个星期过去了，他眼泪没了，却在课间失踪了。我到处寻他，后来在偌大的生态园找到他。我蹲下来，一把搂住他，生怕他“飞”了。他低着头，知道自己逃课犯错了。他说他妈妈就是老师，学生犯错了，他妈妈就会让学生站教室。我笑着说：“我不会让你站教室，我让你坐教室。”他瞪大眼睛看着我，不相信我会这样。

后来，他竟然做了我班的班长。

那些日子，他带给我的温暖，至今回忆起来，仍让人心窝发热。

还记得一年级上期末的一天，班级大部分孩子都被家长接走了。那天晚上，学校一下子变大了，变空了。我和几个外地的孩子待在空荡荡的教室，寂寞不知如何安放。

我提议和孩子们一起打扫教室。边扫教室，我们边唱歌。他说要唱《老鼠爱大米》，我们一边扫地，一边唱着：“我爱你，爱着你，就像老鼠爱大米……”他说：“廖老师，我爱你。”我说：“我爱你们。”笑声在那一瞬间填满了教室，也填满了我们的心……

他上四年级的时候，我身体特别差。一次喉咙发炎化脓，吞咽口水都疼得掉泪。医生认为我喉部长了恶性肿瘤，给我做穿刺。穿刺一结束我就晕倒了，幸好化验出来的结果是炎症。

说不出话的老师要组织班级活动，现在想来觉得不可思议。可是，一些活动竟真的顺利地开展了。那天，要选参加学校运动会的运动员，我说不出话，就对着他比画。几个手势一结束，他竟然就懂了，便组织大家一个项目接一个项目地选运动员，班级孩子也特别配合，活动进行得顺利极了。看着他像模像样地按照我的安排指挥着班级候选运动员跳远、跑步、跳绳的训练，我除了欣赏就是自豪。

……

一路走来，他毕业了。读初中，在嘉祥，学业繁忙，我们几乎没有见面。

一年后，2015 年 9 月 10 日，我在办公室，他来看我。班级的其他小朋友就在办公室外探头探脑地望着我们。铃声响了，我要上课，他送我去教室，小朋友们围着他："哥哥，你就是那个要进哈佛的哥哥吗?"他很吃惊，我告诉他："自你离开我之后，我每任教一届，都会告诉班级的孩子，将来你会进哈佛。"他笑了。正在这时，一个孩子问他："哥哥，中国每年都有人考进哈佛吗?"他沉思一阵，郑重地说："大概有吧。"小孩子听了，竟然快乐得蹦起来："太好了，我将来要成为考进哈佛的学生。"看着小孩子自信的笑容，他对我说："廖老师，我知道该怎样读书了。"

一晃两年，他高中毕业了。高考成绩一出来，他妈妈第一个给我发了信息：659 分！我很高兴，却不知道如何表达。

后来的一天，他穿着厚厚的长棉服，背着黑黑的旅行包，站在我面前。他告诉我，他考上了香港理工大学，当选为内地学生会主席，毕业后会在珠海创业，引进香港的资金……他诉说着他的梦，而我听着，仿佛触摸到那个遥远却让人亢奋的梦……

自他以后，我就把读哈佛的梦"卖"给班级里的每一个孩子。我实实在在地成了一个"卖梦人"。

当我和我的又一届孩子们相遇，我迫不及待地把这个梦"卖"给了他们。一个叫黄嘉的孩子说："廖老师，读哈佛是高中毕业后的事了，我们读一年级跟这个有什么关系呢?"我指着讲台前方说："哈佛就在那儿，是不是我们一步就走进哈佛了呢?"孩子们说："那不得行哦，要走很长一段时间才走得拢。"黄嘉不说话了。

在以后的日子里，我常常在班会上和孩子们一起跟着视频、图片逛哈佛的校园、图书馆、宿舍，听哈佛的故事……他们遇到困难的时候，我就会说："哈佛的学生，全世界最优秀的人会怎么样呢?"他们就一下子激情昂扬……

梦想虽然看不见、摸不着，却有如此大的力量，支撑着孩子们在多彩的人生旅途中踏浪而行。

让学生带着梦想上路

"梦想一旦被付诸行动，就会变得神圣"，阿·安·普罗克特如是说。给自己一个梦想，留给明天一个希望。梦想是伟大的，能使人振奋、勇敢，使人充满活力、激情，使人全身充溢着神秘而不可思议的力量。梦想是一盏明灯，照亮脚下的路；梦想是一方罗盘，为迷失的自我指明方向；梦想是一把利斧，斩去挡道的荆棘；梦想是一剂良药，愈合心灵的创伤；梦想是一只白鸽，飞向希望的殿堂。教师，正是因为懂得孩子的成长需要与梦想相伴，才乐此不疲地做个"卖梦人"，让孩子带着梦想上路，在梦想中生成拼搏的动力，获得无穷的力量，以战胜困难的信心和决心去获取一个又一个成功。

自己的事，自己处理

扫一扫，听故事

刘佳萍
成都市温江区嘉祥外国语小学

周二的数学晚自习，讲台前来问问题的孩子络绎不绝。我解答完他们的问题，终于可以休息一会了。可是，当我扫视教室时，发现有人在传纸条，而传纸条的两个女孩平时都是听话乖巧的孩子。我倒要看看你们在搞什么名堂。

咦，我定睛一看，怎么两个小女生眼睛都红红的。是哭了吗？到底发生了什么？我要不要现在过去问一问？可是，现在过去了解，岂不是全班都知道了，会不会伤害到这两个小女生呢？于是，我便装作看不见，默默地等到了下课铃响起。

我先找旁边的女生问，原来是这两个小丫头之间闹矛盾了。没什么大不了的，可是传纸条终归是不对的。于是我说："其实我已经看见你们传纸条啦！"这时，两个孩子的表情带着一丝惊讶和愧疚。我继续说："不管发生什么，自习时都不该传纸条啊，以后可不能再这样了。至于你们之间到底发生了什么，我也不想再多问，相信你们自己能解决好。不要哭了，没什么的。"

这样的一件小事，若不是孩子们在作文中写下来，我恐怕都要忘了。孩子在作文中这样写道："那一天，我与陈悦乐发生了矛盾，两人都在数学课上哭起来。这节课是自习，没有人发现我们的异常。我们悄悄传递着纸条，写满了'对不起'。我是在刘老师给同学讲题时，迅速把纸条揉成团扔过去的。就这样，我度过了这节自习课。下课铃响了，刘老师不知何时出现在我身前，并安慰我。我开始有些惊讶'刘老师怎么发现的'，后来我心中一暖，充满了感激之情。”从这件事中，我感受到放手让孩子处理好自己的事是多么重要，并注意将这种方法运用到日常教学中。

那是一堂“数的运算”复习课，我考虑到学生在复习时常常难以产生兴趣，就在网上下载了名为《一大波计算的神技巧》的视频。视频介绍了用画线来计算两位数乘法的方法。

看视频的过程中，孩子们都在感慨：“哇，好神奇！”

“那你们想想看为什么可以这样做呢？”

“其实和竖式有点像。”在介绍完这种方法的原理后，我准备让孩子们动手试试看能否用这个方法解决三位数乘三位数。

这下教室里炸开了锅：“我做出来了！”“刘老师，好复杂啊！还不如用竖式！”“刘老师，你讲这个有什么用啊？”

面对学生提出的“学这个有什么用”的问题，我是这样回答的：“世间万物存在即合理，一切的事物自然有它存在的道理，也会有它自己的功用……其实，数学知识在生活中的应用极其广泛，以后你们有机会可以了解一下数学建模。小到喂宠物如何买饲料划算，大到导弹发射的精准度，都可以通过建立数学模型来解决。我希望你们不要因为自己的能力不够而否认它的作用，也不要因为你暂时不知道它的作用而不接受它，或许在某一天，就是这样一个你曾经觉得不起眼的知识帮了你大忙。别成为‘书到用时方恨少’的那一类孩子。”这时，一部分孩子要我再讲讲这个方法，我说：“很高兴你们有这么强的求知欲望，但以后很多的知识需要自己去探究，如果感兴趣，你们可以在课后了解这个方法的原理。”

其实，成长中的孩子具有自己解决某些问题的能力。无论是对孩子的行为引导，或者是知识的传授，教师都需要“留白”，留给孩子自主处理事情和解决问题的时间、空间。老师当然应该为孩子们提供解决问题的策略，但随着孩子一天天地长大，总有一天他们要独当一面。在教育的过程中，老师不妨撒撒手，放心地让他们自己处理一些事情，即便他们处理的方式不够完美，但这个过程对孩子来说也是不可或缺的历练。

慧眼

教师要学会放手

成年人总认为孩子在成长的路上应该由教师和家长牵着、扶着。因为担心孩子按自己的想法去做事，会因缺乏经验与能力而失败，于是，孩子的一切都被置于成人的监管和支配下，还常被告诫“不听老人言，吃亏在眼前”。其实，教育即生长，应该培养孩子的自主生长力，教师该放手时就放手。毕竟，有些事情应让学生去亲历，让学生在“尝试—挫折—再尝试—成功”这一循环往复的过程中得到成长。在这个故事中，面对两个女孩闹别扭、递纸条、哭鼻子的现象，老师并没有马上干预，而是先“视而不见”，再在了解原因后提醒学生，相信她们能自己处理好。教师将这样的方式运用于教学，创设情境，拓展知识，放手让学生独立思考、自主探索和构建知识系统，无疑有助于发展学生自主解决问题的能力。

你的世界如此奇妙

赵露露

成都嘉祥外国语锦江小学

扫一扫，听故事

我第一次见到这个孩子，是在一年级新生报到的时候。他站在妈妈的身边，面对着我，纯真的眼神让人由衷地喜欢。轮到他做自我介绍了，他一脸认真，大大方方走到台前："大家好，我叫鑫鑫，我喜欢看书和下围棋。"说完静静地回到自己的位置上。我以为，这是一个安静的孩子，不需要特别"关照"。

然而，开学不到两天，几乎所有的科任老师都认识了鑫鑫。每一节课下课，都会有老师在我面前"控诉"他的"罪行"：他上课的时候老是和同桌讲话，或者离开座位，突然走到讲台前；有时突然趴在地上不起来，兴奋的时候还要围着教室打转。说他，他也浑然不觉，还笑嘻嘻地学你说话……原来是这么调皮的一个孩子！怎么我在语文课上完全没有发现？我想和他聊一聊。他此刻四肢张开平躺在地板上摆出个"大"字，我走过去蹲下，轻轻拍了拍他的小脑袋，"宝贝，你在干什么呀？"他扭过头看着我，笑得无比灿烂："我是小海星。"瞬间，我的心柔软起来，刚刚听到他"罪行"时的急躁情绪慢慢平复了下来："鑫鑫，请你起来，跟我去外面谈谈好吗？"他点点头，爬了起来，然后两脚张开双手伸直，一摇一摆地走起来，又是冲我一笑："小海星是这样走路的。"我啼笑皆非，把他引进了办公室。一番促膝长谈，那个笑得没心没肺的孩子慢慢平静了下来，显出一副很懂事的样子。

之后的几天，我不禁留意起他来。他总是很早就来到教室，却总是最后一个坐到位置上读书，一会儿收收书包，一会儿又走过来和你分享他昨晚发生的开心事。即使是读书，他也不愿意和大家一个节奏齐读，自己很快就翻看完然后看下一篇；叫他起来读，却也读得声情并茂。排队的时候，他完全没有办法走在队伍里面，一会儿走到前面和小朋友说两句，一会儿走到后面围着别人转圈，课间操的时候更是兴奋得满地打滚。放学了，他一定是最后一个收好书包的，在队伍后面一边追赶一边喝水，嘴里还念念有词："妈妈说我每天不喝完这杯水，回家就要惩罚我。"满满 400 毫升一瓶的凉白开总是要等到放学才记得喝。出于家校配合教育孩子的考虑，我将他在学校的情况委婉地告诉了他妈妈，希望她能提醒孩子约束自己的行为。

第二天，课间操跑步的时候他直接在地上打滚，我将他单独留下来补跑。跑完后，一位老师找我说事情，我就让他自己先回教室。等我回到教室，生活老师一把拉住我："你来得正好，鑫鑫一个人气冲冲跑下楼了。""跑了？为什么？""他刚刚没上来，点点以为他不吃间餐就把他的间餐吃掉了。他发现自己的间餐被点点吃掉了，就气跑了，点点跟他道歉他也不理。"我立马跑下楼去找他。他跑到了操场上，我停下他就停下，我跑他又跑。于是我开始"示弱"，对着他的背影喊道："我肚子真的好痛，你能不能不要跑了？"他停下来转过身对我喊："那你能不能不要追我？"我发现他眼睛里噙满泪水。我暗暗一惊，为了一块饼干值得这么难过吗？于是我轻轻走近他："鑫鑫，你怎么一句话不说就跑下来了呢？"他忍了好久的眼泪喷涌而出："妈妈说，如果我再不乖，她就去北京工作，不管我了。"话没说完就哇哇大哭起来，我轻轻抱着他，让他慢慢平静下来。

原来，我昨天和妈妈交流之后，妈妈用较为极端的方式"警告"了孩子。今天点点看他间餐时间不在，就将他的间餐吃掉，这一举动，让他意识到了自己因为违反规则而没能在间餐时间回到教室，于是他认为自己"不乖"，担心妈妈会离开自己。居然是因为生自己的气才冲到操场的，真是个特别的孩子。随后，我将鑫鑫带到了教师休息室，并告诉他这是我和他的秘密基地。吃着糕点和水果，他开心地和我分享了好多他和妈妈的故事，他是跟着妈妈姓的，妈妈生他的时候受了很多苦。孩子说出这样的话，让我很意外。之后，我和鑫鑫的妈妈进行了沟通，她完全没有意识到自己的话会给孩子带来这么大的心理压力，她坦言或许是她平时对孩子太过严厉了，所以孩子一方面很爱她另一方面又很怕她，感觉她一会儿像"天使"一会儿又像"恶魔"。经过交流，妈妈意识到自己需要反思。

或许，孩子的信任一旦建立起来，沟通就变得无比容易。两个多月过去了，鑫鑫在课堂上乱跑的情况有所改善，被我单独留下来的次数也变少了。每次他无法控制情绪的时候，我会和他一起在操场散步，帮助他平静下来。我们走在洒满阳光的跑道上，树叶间漏下的光斑让他无比惊喜。他喜欢拉着我的手，一句一顿地讲他的困惑与惊奇，大眼睛里满是认真与期待。我给他讲我小时候的事情，他便哈哈大笑。课堂上，他静静倾听的样子让我内心充满欣喜。偶尔他会过来抱抱我，然后悄悄在我口袋里塞一块巧克力。大家一起讨论问题时，他会突然举手，说出一些让人为之一振的话，比如“为别人喝彩，就是给自己的生命加油”。我将这句话贴在班级橱窗里，鼓励所有的孩子做乐于鼓掌的人。渐渐的，我们达成了默契，我使一个眼神，他便知道控制自己的行为，不顺心时也不再怒气冲冲地跑开。虽然还是会有让我气得跺脚的时候，但这样的情形少多了。

在期末给他的信中，我这样写道：“亲爱的鑫鑫，每次看到你一个人原地打转，我都会非常好奇，这个奇妙的小脑瓜又在探寻怎样精彩的世界。你是如此纯真可爱，让我如此喜欢。如果我有孩子，我希望有一个像鑫鑫这样的孩子。”

宝贝，谢谢你愿意牵着我的手，让我看到一个不一样的世界。

读懂儿童，静待花开

在日常教育中，面对性格各异的孩子的种种“发难”，教师时常感到束手无策，并习惯将这类孩子归类为“问题儿童”，由此以“问题”思维去训导儿童，“消灭”问题。然而，无论教育方式多么巧，力度多么大，对一部分孩子而言都效果难显。问题如何解决？赵露露老师用富于感性的讲述，回放了师生交往、冲突、磨合的现场，让人看到解开育人难题的另一种方式。那就是，俯下身子，走进儿童内心，读懂儿童心灵这本奇妙而丰富的书。读懂儿童，他们的某些问题在教师眼中不再成其为问题，而是情有可原的自然常态；读懂儿童，教师不再为问题的出现而一味烦恼，而是因势利导地处理问题；读懂儿童，是教师走向成熟的标志。成熟的教师，才能举重若轻地排忧解难，从容不迫地静等花开。

鱼和水的故事

扫一扫，听故事

李莉萍
成都嘉祥外国语学校成华校区

2014 年秋天，怀揣一份期待、一份忐忑的我走进了嘉祥成华校区，一群怀揣梦想的孩子也走进了嘉祥。于是，便有了鱼和水的故事。

我接的是六年级十班。报到那天，秋日的阳光静谧而温暖，走来了一个名叫杨景程的孩子……

杨景程为人公正、学习努力、责任心强、有担当，刚到校一周就被同学们推选为班长。任职期间他的大气为人、大胆工作令同学们心生佩服。但是，命运总是在突然之间跳出来跟我们开玩笑。两个月后，杨景程变了，变得心不在焉，变得随便、邋遢……作为一位有着十几年教龄的班主任，我深知这样的变化事出有因，顿时感觉到一份沉甸甸的责任。于是，我格外留心观察杨景程。我发现他上课总走神，一改原来的严谨认真，总是用一副玩世不恭的态度对待周遭的人和事。每当同学和老师想与他接近时，他总是沉默不语，只流露出冰冷而警惕的眼神，对待学习也是漫不经心。为什么这个仅仅十二岁的孩子，突然间变得与外界如此疏离？经了解，我终于知道，原来他妈妈得了胃癌且已至晚期。于是，不管再忙再累，我每天都抽出一点时间跟杨景程说说话，给他辅导功课。我告诉他："希望你从今天开始振作起来，老师就是你的亲人，学校就是你的家。无论现在经历着什么，我们都应对着生活这面镜子笑，你对它笑，它也会对你笑。"就这样一次又一次地开导，一次又一次地鼓励，他的状态有了改善。

然而，临近期末，不幸的消息传来，他妈妈因为医治无效离开了人世。当时杨景程的奶奶让我瞒着孩子。我左思右想，感觉不能因怕孩子难以承受而让他不知实情，何况他已经是个小小男子汉了。于是，我找他聊天并把妈妈去世的消息告诉了他。出乎意料的是，他嘴角微微抖动一下，露出淡淡的微笑，并说："李老师，您不是说过，妈妈无论在哪里都希望看到我开心、乐观，好好活吗？所以我要微笑。"说完迅速转身，就在那一刻，我看到他已泪流满面。当时，我也觉得很无助，所以我学着伦纳德夫人的方式对他说："我希望你是我儿子。"一瞬间，我看到了他双肩轻微抖动了一下。

自那以后，班上的孩子们也主动与杨景程分享他们的快乐……渐渐的，缕缕阳光洒进了杨景程的心田，他逐渐恢复了过去的开朗和对这个世界的友善，学习的劲头也足了……他在一次作文中这样写："我的生活曾经是彩色的，紧接着我被生活抛到了悬崖边，我的那片天塌了。而亲爱的李老师——我在嘉祥成华的妈妈和我亲爱的同学——我在嘉祥成华的兄弟姐妹，让我学会了面对现实，让我学会了做乐观进取的人。我这才发现：我居然都能回到从前，我居然都能微笑面对每一天，我居然还是一个好学生……"

读到这篇作文的那一刻，我眼前浮现出这一幕——鱼对水说："我流泪了，可是你看不见，因为我在水里。"水对鱼说："但是我能感觉到，因为你在我心里。"

以"仁爱之心"助力学生走出困惑

有仁爱之心，是习总书记提出的做"四有"好教师的要求之一。李莉萍老师的仁爱，体现在面对学生的不幸遭遇与苦楚，感同身受地分担其心灵重负，并施以有效的减负之策，让学生回归阳光明媚的生活。这是作为仁爱之师的怜悯。这种怜悯不是简单的同情与怜惜，而是基于对生命尊严的维护和信任，施以学生乐于接受的抚慰。李老师的怜悯和相助的"度"把握得很好。比如，最初不动声色地观察孩子行为的变化，从侧面了解变化的原因；其后，进行融情入理的言语疏导，"我希望你是我儿子"的情感创设，以及班级温馨友爱氛围的营造。这些，让小景程在面临痛失母亲的打击时，有了逐渐化解和调整情绪的过程。这就是怜悯的艺术。当然，怜悯离不开“敏感”。无论是对学生行为的变化，还是情绪状态的变化，李老师都能快速察觉和准确判断，知学生所想，投学生所需。敏于学生所想所需，是教师最重要的职业素养，也是仁爱之师的核心内涵。

调皮的小画家

艾 鹏

达州嘉祥外国语学校

一年级的小彤令我很头疼。她下课喜欢在我面前叽叽喳喳，但令人不知所云；在课堂上总是不安分守己，有时候还会弄出很大的声响。我对她的表现日渐不满……

这天，校长助理来听我的随堂美术课，这让我在讲台上有点手忙脚乱。我本希望孩子们好好配合我上课，但是，小彤在课堂上更加“突出”的表现让我感到很难堪。她总是对我的提问很兴奋，但总是会延迟回答——经常不知趣地打断我的讲述，说要回答刚才的问题。要是在平时，我可以严厉地告诫她采用正确的表达方式。但是现在有领导听课，我只能强忍怒火用眼神暗示她守规矩。为了不使这堂课太糟糕，我趁大家构思作品的时候走到她身边蹲下，用近乎请求的口吻跟她说只要这节课乖乖的，我可以满足她一个要求。当然，说出这句话我就后悔了，谁知道这个捣蛋鬼会提出什么样的无理要求。

我已经记不清后来她有没有向我提要求，只记得那堂课后，领导给我指出了很多自己之前没发现的问题，这些问题足以占满我的大脑，让我费尽心思去解决。

不知为什么，在接下来两周的美术课堂，小彤突然有了一些变化。此前的美术课上，她可是只会说话不会好好画画的，而这两节课她的作业有了明显变化。于是，我在全班同学面前大大地表扬了她。这时，我看见她有点不好意思地乖乖坐着，眼里还闪着惊异。当然，我对她自此能彻底转变并不抱太大希望。可是接下来，她的表现及作品都让我对她刮目相看，她简直就像换了一个人！于是，我决定再次表扬她，可又不能跟上次一样。

这天，我走进教室告诉同学们，我手上的画是选出来的漂亮的作品，现在要请同学上来随机抽取一幅，被抽到的作品的作者要和大家分享创作心得，介绍自己的画作……当抽到小彤的画时，我暗示她不要声张，让大家猜猜是谁的作品。同学们几乎要把本班绘画功底强的同学都猜完了，还是没有说到她的名字。于是，我用赞许的语气大声说出她的名字。我想让她知道，老师对她的作品是多么喜爱。我请几位同学评价她的画，谁知他们没有忘记她的“黑历史”，由评画变为评“人”，说她是个爱说话、调皮的学生。此时，她并没有恼怒，从她不自然的笑中可以看出，她认识到了此前的“不良表现”。我趁机高声地表扬她：“调皮的明思彤小朋友的作品真漂亮，如果她在课堂上再专注一点，绝对会成为班上出色的小画家。”

课后，她仍然常来找我，但不再是莫明其妙地叽叽喳喳，而是清晰地表达自己想要说的话。我想，孩子之所以在课堂上闹腾，或许就是为了吸引老师的关注，期望获得别人的赞许。

从小彤的变化中，我悟出一个道理：课堂上，如果老师多一些包容，多一些耐心，多发现孩子的闪光点，多一些表扬，他们便会更茁壮地成长。

蹲下身来与孩子相处

这个故事讲的是有领导来听课，而老师眼中的“调皮蛋”变本加厉，向老师频频发难。无奈之中，老师悄悄向孩子示弱求情。其后的情况令人诧异：“不知为什么，在接下来两周的美术课堂，小彤突然有了一些变化。”或许，正是因为老师“走到她身边蹲下，用近乎请求的口吻跟她说只要这节课乖乖的……”才使一直调皮的小彤表现有了变化。每个孩子都需要老师平等的关注和饱含赏识的爱。老师冷硬的处理方式，会使那些活泼好动的孩子因老师的态度消极地自我定位，进而习以为常地做“调皮蛋”。而故事中的孩子由先前的“令人头疼”到后来的“令人刮目相看”，正源于老师蹲下身来，与孩子平等相处。

分数不是成长的唯一标志

薛　娇
嘉祥小金支教团队

扫一扫，听故事

高一年级半期考试的第一天晚上，我照例去班上，想看看孩子们今天过得怎么样，而不是考得怎么样。当我走到教室的时候，孩子们纷纷向我诉苦，说今天物理试题好难，大家都考崩了。这是我第一次看到孩子们因考试而如此沮丧。

这时，有两个女孩走到我身边，怯怯地问："Echo，我们可以去操场走一会儿吗？我们想去散散心。"这两个女孩，有一个是我们班成绩最好的，另一个则是物理科代表。我爽快地回答："没问题呀，去走走吧，吹吹凉风。"其实，我是很开心的，因为孩子们懂得排解压力。

我也注意到班上一个男孩，晚自习都一个小时了，他还是一副焦躁不安的样子。我走到他身边说："是不是物理没考好啊？没关系，还有四科嘛，咱们有机会，况且大家都说物理考得不好，所以别那么难过哈。"他大声回答说："Echo，您不知道的，我只要第一科考崩了，心态就会崩掉，其他科也都会完败的。"我有点惊讶，因为在我的观察中，他平时喜欢打乒乓球，是一个活蹦乱跳甚至有点调皮耍宝的小男孩。我说："咱们去操场散散步吧，你跟我讲讲你的故事，好不好？"我们在操场走了半个小时，他跟我说，他害怕直面困难和失败，所以中考的时候，就选择了逃避，没有参加。他告诉我，从初中开始，他的成绩就不稳定，每次只要有一科考差，他就认为自己失败了，然后其他科基本上也不会考好。特别是高一上学期的时候，状态时好时坏，自己也知道是心态的问题，可就是调整不过来，不知道怎么办。他还告诉我，自己有一次站在楼道上，甚至有跳下去的想法。我听后呆住了，我的天啊，怎么会这样？我掩饰住自己的震惊，故作轻松地说："不能有这个想法哟，千万不能有这个想法，困难都会过去，不管怎样都要热爱生命。"然后，我就开始跟他说诸如"读书不是唯一的出路""我们需要快快乐乐地生活"等一些连我自己都觉得苍白而无说服力的话。真的，我也不知道该说什么。以前，我只是从新闻里看到有孩子因为学习压力大而跳楼自杀，当听到身边的孩子亲口说自己也曾有这个念头，我心里很沉重。那天晚上，我跟他聊到九点多，能说的我都说了，目的是让他放松。

一天晚上，他来到办公室跟我说："Echo，您要请我吃糖哦，我英语进步了几十分！"我为他感到开心，同时心里又开始不安。分数不是成长的标志，难道我们真要让孩子将全部希望寄托于考试分数吗？这十二年学习的出发点和终点就是分数吗？我们是不是在某些时候误导了孩子，让冷冰冰的数字成为他们心性甚至生命的杀手？面对曾经发生和可能发生的悲剧，我不由扪心自问：作为教师，我们做错了什么？救救孩子！

现实中，生存、就业的竞争压力迫使教育主体偏离正道，热衷于以考试为手段、以升学为目的塑造孩子。而教师对孩子身心素养、批判思维、创造能力和担当精神关注不够，培养不力，使他们的成长"缺钙软骨"，难以发展创造幸福生活与报效家国的能力。这是我们所不愿看到的。作为教师，我们所愿看到并为之努力追求的，是孩子们除了学业进步、能力提升，还有自省自律的道德意识，有博纳成败的心灵空间，有不断进取的拼搏精神，有积极向上的生活态度，有为人着想的责任担当，有超越世俗的人生理想。这样，他们才会在当下和未来体会到人生的意义和价值，从而自信、快乐地面对每一天。

慧眼

让孩子自信、快乐每一天

在素质教育与应试教育博弈的当下，人的生存和就业压力导致的无序竞争，评价失衡、世俗裹挟导致的分数至上，正在迫使教育偏离“五育并举”的轨道，使生命失去原来的样子。然而，劳作于教育土壤，致力于生命成长的教师，他们在守望生命、助力生命成长的过程中，体察生命状态，感知生命冷暖，为生命多态发展而悉心引导，为生命绽放光彩而拨云驱雾。薛娇老师正是这生命守望者中的一员，她坚持认为“分数不是成长的标志”，帮助孩子摆脱考试分数的压力，让孩子自信、快乐地面对每一天。

“撒谎大王”与“诚实号坦克”

王春华
成都嘉祥外国语锦江小学

扫一扫，听故事

小杰是一个可怜的孩子。父母离异后各自成家，并且都在外地工作，家中常年只有年近七旬的奶奶和他相伴。由于学习底子差、行为习惯差，小杰一直是班上垫底的“后进生”。他有个最大的毛病，就是经常撒谎，而且满不在乎，所以同学们私下里称他为“撒谎大王”。他呢，因长期撒谎，习惯成自然，对同学们的冷嘲热讽早已不当一回事儿了。对于他的撒谎，我认为是虚荣心使然，而虚荣又来自自尊心缺失。否则，为什么要撒谎呢？于是我想到，如果在新学期开始之际，设法帮助他找回自尊心，从而改掉撒谎的坏毛病，岂不是一箭双雕？

开校第二天早晨，我检查小杰的作业。他又撒谎了，装模作样地埋头在桌匣里摸索了半天，然后随口一句：“放家里了。”“那你打电话请奶奶帮忙送过来看看。”我不动声色地说。“家里没人，奶奶烧香拜佛去了。”小杰嬉皮笑脸地说。同学们“轰”地笑了起来。见惯不惊的小杰挠挠脑袋，嘴里还不住地嘀咕着：“是嘛，我是做了忘带了嘛！”此时，周围响起一片不屑的嘘声，他才有些难为情地垂下了眼帘。我制止大家的议论，把小杰请到办公室，和颜悦色地问：“小杰，新学期了，我们的班级，我们每个人，都应该有个新起点，我不希望班上还有不诚实的孩子。老师相信你不会故意骗老师的，你实话告诉我，作业到底完成没有？”他迟疑了一下说：“没有。”“作业没完成我们及时补上就是了。为什么撒谎呢？难道你不想改掉这个缺点吗？”“想，但——同学们是不会相信我的。”他沮丧地摇了摇头。我赶紧说：“不，只要你下决心改，大家都会相信你的。小杰，拿出行动，从现在开始改!”这时，我想起最近从其他同学口中了解到的他长大想当坦克兵，假期还在家里做了坦克模型的情况，觉得这是一个教育他的良好契机。“你不是想长大了当解放军吗？那么，你现在就应该拿出解放军消灭敌人那样的勇气，来战胜你身上的缺点，而且要像战士执行命令那样立即行动，好不好?”小杰低头沉默了一会儿，突然眼睛一亮，说声“好”，转身一溜烟儿似的跑出了办公室。

第二天放学后，我陪小杰回家。他主动拿出补做的作业，我发现书写比以前认真多了，正确率也提高不少，看得出他真的开始努力了。我立刻当着奶奶的面表扬了他，接着参观了他的坦克模型。在他的卧室，我看到了那用大大小小近百块积木拼成的“庞大”的“坦克”，造型新颖，精致美观，令我吃惊。于是，一个新的念头在我的脑中突然萌生。

我在班上展示了小杰补做的作业，同学们看见他那书写工整的作业，像发现新大陆一样议论起来。我趁机告诉大家：“同学们，在新学期里，小杰决心改掉撒谎的坏习惯，做个诚实好学的好学生。他补做的作业就是最好的证明！你们相信他吗?”“相信!”几十双赞许的目光一齐向小杰投去，教室里响起热烈的掌声。长期受嘲笑的小杰终于得到大伙儿的信任，激动地站起来敬了个队礼。我趁热打铁，拿出小杰的坦克模型说：“小杰同学不但下决心改正自身的缺点，还立志要当解放军。这就是他在假期中精心制作的坦克模型!”同学们哗然了。他们怎么会想到这个平时被大家轻视的“撒谎大王”竟有这么大的心劲和能耐呢！小杰有些不好意思地说：“从现在起，我一定要诚实，努力学习，请大家监督、帮助我……”“太好了！相信小杰一定会学好知识，长大后设计和制造出先进的坦克和军事武器，保家卫国，维护世界和平!”教室里再次响起了经久不息的掌声。接着，中队长站起来说：“我建议，为庆祝小杰同学的进步，就把这辆坦克模型命名为‘诚实号’，大家说好不好?”“好——”整齐洪亮的声音在教室里久久回荡……

从那以后，我们班教室里的“成果展览角”就摆上了那辆被命名为“诚实号”的坦克模型。“撒谎大王”的绰号也不禁而止。不久，小杰同学还被推选为“科技兴趣小组”的组长呢!

慧眼

激发生命能量

教育的本质在于促进生命发展，教育的智慧在于激发生命能量。王老师面对“撒谎大王”小杰的屡错屡犯不离不弃，引导其在希望与梦想中告别成长的迷茫。她利用小杰醉心于坦克模型制作的爱好浓墨重彩做文章——调动集体的力量点亮其“长大当坦克兵”这一希望的火花，使小杰在“眼前一亮”中开始转向，在“精神一振”中奋力前行。这个故事折射出教师“一个都不能少”的责任担当：既对“学优生”爱不释手，又对“问题生”不放手，以怜悯之心、不竭动力，让每一朵生命之花绽放异彩。

浸泡那颗心

黄　琼
成都嘉祥外国语锦江小学

扫一扫，听故事

说到我们这个班，任你左弯右绕都躲不开小林。刚到这个班，年级组长就问我："黄琼，你们班的小林转学了吗？""没有啊，出了什么事情吗？""上学期他天天都在办公室待着，这学期怎么一次都没看到过他呢？"

小林在学校里颇有名气。以前我教六年级，他在五年级，我们班孩子经常向我状告小林，我过问了几次，都被小林淡然藐视。于是，我只能对孩子们说："把小林的名字写在手掌心上，以后看到他，自己跑远一点儿。"真是山不转水转，现在我居然还是躲不开小林，还当上了他的班主任。这下，我随时都担心我的班级评优要被一票否决。

"知己知彼，百战不殆"，想要和"对手"斗智斗勇，还得摸清他的底细。还没有开学，几个电话之后，我就明白了"可恨之人也有可怜之处"。原来，小林其实是个可怜的孩子，母亲在"5・12"汶川大地震中遇难，父亲重新成了家，并很快给他添了两个妹妹。于是，小林就只有跟着永远也管不了他的奶奶，过起了"山中无老虎，猴子称霸王"的生活。

开学后，我继续观察小林，发现他是个"行为艺术家"，在课堂上刷存在感，从座位上想站就站起来，想走就走出来；想和谁套近乎，就向人家扔橡皮、吐口水，或将口香糖粘在别人的头发里；隔三岔五，他就要向隔壁班的学生挑衅一番……虽然问题一大堆，但种种迹象都表明，他想要引起别人注意。这是爱的缺失所致。找到问题根源，事情就变得简单多了。有一天，我郑重其事地告诉他想收他做儿子。我是这么给他讲的：我只有一个女儿，希望有个像他这样帅气懂事的儿子。他听了，欢呼雀跃着同意了。

他哪里知道，教师子女其实不好当。他很快发现自己陷入一个无力摆脱的圈套，因为我常对他说，你是黄老师的“儿子”哦，教师子女肯定不会和老师顶嘴的，教师子女肯定不会打同学的，教师子女肯定要完成作业的，教师子女肯定要按时回教室的……我不知道他听进去多少，但我能慢慢看到他身上的变化。至少，他在课堂上撒泼的时候，班干部对他说要告诉他“妈妈”(也就是我)，他会稍微收敛一点点。同时，我请班干部们看在我的面子上，帮我一起管理我的“儿子”。从此以后，班干部到办公室来找我说得最多的话就是：“黄老师，你儿又在教室翻天了。”潘校长第一次进我们班上课，小林就冒犯他。有学生告诉他那个捣蛋鬼是黄老师的“儿子”，潘校长立即叫学生把我请去。他看我的眼神很异样，那意思应该是：你怎么当老师的啊，瞧你把儿子教育的……当着全班同学的面，我不敢说这其实不是我的亲儿子。此时，潘校长的眼神以及我的尴尬，在我记忆里留下难以翻过的一页。

一只小狼是不可能一下子就变得温顺的，但我坚信以温水“浸泡”的方式会暖化冷硬的心。每天早上，我走进教室，都像对其他孩子一样，拍拍他的头，问问他昨夜睡得好不好，理理他的衣领，帮他系好红领巾。有时，我告诉他我在办公桌上放了他喜欢的小零食，让他自己去拿。更多的，是每天请他跑腿把晨检单交到教务处唐老师那里去。对一般人来说，这只是一件小事，可是对于小林来说，这可是一项殊荣，因为这不仅可以让他有机会在早自习时出去一下，也让他觉得自己是个非常有用的人。

这天是小林的生日，我像真正的母亲一样带他外出吃饭，送他礼物。他很高兴，让我把我和他的合照发给他的奶奶、爸爸。过年了，他也和我一起吃团年饭，我隆重地把他介绍给我的家人。

渐渐的，在与小林的百般磨合中，我终于看到了希望。有一天，小林把水泼到楼下班级的门前，该班的王老师仁慈宽厚，没有直接汇报到大队部，让我们班被点名，而是派来一位班干部提醒我们。我查清事情的经过后，先让班干部周景晟出来给人家道歉，再让小林来道歉。结果小林躲在后阳台不出来。任凭我们怎么做工作都无济于事。于是，我灵机一动，就当着全班同学的面对那个小干部说：“小林现在不愿意给你们班道歉，作为他的班主任，只有我替他给你道个歉了。对不起，六年级四班给你们班添麻烦了。”话音刚落，小林就自己走出来了，他给我深深地鞠了个躬，说：“对不起，黄老师，是我错了。”听到这句话，我所有的烦恼瞬间全无。

我经常写下孩子们的故事，然后在一些零碎的时间里读给他们听。小林对自己的故事很感兴趣，即使我读到他的缺点和可笑之处，他也不在乎：同学们笑得越开心，他越有成就感。被疼爱，被关注，也许就是他最迫切的愿望。

韧劲加持“爱”的能量

神圣的师爱需要行动诠释，行动的能量需要韧劲加持。面对躲不开绕不过的“头疼生”小林，黄老师百般忍耐，万般坚持，以“浸泡”的方式温暖和软化那颗有些冷硬的心。面对小林反反复复的不端行为，黄老师的“浸泡”不求速软，她不急不躁，不断地“换水”“加水”，温暖和软化那颗玩世不恭的心。终于，小林有了细微而内在的变化。这得益于黄老师的不离不弃，她以怜悯之心满足小林的心理需求，以慈母之情回应小林对爱的期盼，以自责之行唤起小林深深的自省。师爱，没有信誓旦旦的豪言壮语，没有感天动地的非凡壮举，有的只是对生命不厌其烦、点点滴滴的浇灌。

双赢的较量

张美龄

都江堰市嘉祥外国语学校

扫一扫，听故事

9 月开学，海豚班迎来了一批活泼可爱的孩子。

开学第一周，我最头疼的就是晚自习放学。住校的孩子眼巴巴地望着走读孩子背上书包回家去，于是，“含蓄派”的孩子挂着眼泪怯怯地说：“老师，我想妈妈了”，而“率真派”的孩子开始哇哇大哭，“豪放派”的孩子则直接“威胁”我：“今天爸爸不来接我，我就在这里不回寝室。”还有的孩子让我哭笑不得，一脸委屈地说：“我也不想哭，我也不想想妈妈，但是我忍不住……”

我总是忙着安慰这些哭鼻子的孩子，却忽略了一个女生。她叫龙美嘉，她用另一种方式让我不知所措。她和我斗智斗勇，只为了能回家见爸爸妈妈。

第一轮：斗智斗勇，老师完败

开学第二天，我去女生寝室时，发现一个平时都不哭的女生躺在床上伤心地哭。

我问她：“你想妈妈了吗？”

“不是，我解不出小便，好难受。”

“以前在家出现过这样的情况吗？”

“以前有过，去医院检查是尿道感染！”

听了孩子的回答，我着急了，孩子身体不适，难受得都哭了。我立即拨通了孩子妈妈的电话，妈妈说她在崇州，现在太晚了过来不了，第二天一大早就来接她去医院。当时我很气愤，孩子都难受得哭了，居然你还这么冷静！有这样当妈的吗？

第二天，美嘉妈妈打来电话说："张老师，孩子可能要请一段时间假。"身体为重，我毫不犹豫地答应了，并询问情况，她含混作答后随即挂断了电话。

两天后，我想了解美嘉的身体状况，便拨通了美嘉妈妈的电话，还没听见回答，一阵哭声立刻传入我耳朵里，电话那头的美嘉带着哭声在求妈妈："我不要去学校，求求你不要送我去！"当时我震惊了，孩子在学校不过两天时间，她究竟经历了什么，让她这么厌恶学校？

在和美嘉妈妈的交谈中，我了解到孩子很黏爸爸妈妈，特别害怕离开他们住校。于是我建议美嘉走读。就这样，一周过去了。

第二周周一一大早，我看见美嘉出现在教室里，第一节课表现很好。我悬着的心终于放下了。没想到第二节下课后，美嘉又哭了："老师，我还是解不出小便，好难受。"联系家长后，爷爷在中午的时候把她接了回去。

第二天早上，我正准备去食堂吃早饭，结果又看见哭哭啼啼的美嘉。这次是同样的理由：我难受。当时我真有种无能为力之感。"先吃饭去吧，吃完饭后还是不舒服，再来找我。"

早饭后，美嘉果然又来找我了。和美嘉的交流中，我得知昨天美嘉被接回家后爷爷并没有带她去医院检查。孩子哭着说："爸爸妈妈告诉我要勇敢，要是只有一点点痛都不能哭，但是我真的好痛啊，痛得受不了。"听了孩子的话，我感觉好心疼，这样的父母太不负责了！

再次拨通美嘉妈妈的电话，美嘉妈妈说："孩子身体健康，没有什么问题。每次去医院检查都是正常的。孩子可能心理上太依赖父母了，一离开父母就感觉到处都痛。"听了美嘉妈妈的话，我立刻反应过来了，孩子可能是装病想回家。但是，作为老师，孩子都痛哭了，我们也不能简单粗暴地判断她是装病，万一延误了病情怎么办？于是，我想到了解决的办法，对她妈妈说："美嘉妈妈，建议你再带孩子做一次全面检查，让医生亲口告诉美嘉她很健康，并且把检查报告交给我。这样，她以后就不能再以这样的借口回家了。"

我看到了医院的检查报告，孩子果然一切正常。这让我有些难以置信，一年级的孩子居然可以装病，甚至说出“爸爸妈妈告诉我要勇敢，要是只有一点点痛都不能哭，但是我真的好痛啊，痛得受不了”这样的话。

这一轮，孩子与我的斗智斗勇，我完败。

第二轮：统一战线，事有转机

我决定要好好“收拾”美嘉，同时帮助她尽快适应学校生活。

不出我所料，美嘉果然又称身体不舒服。这一次我把检查报告摆在她面前说：“医生说了你非常健康。回座位吧。”美嘉依然哭着说：“我真的很难受。”尽管她的哭声很大，我依然无动于衷，我一定要让她勇敢地适应小学生活。她哭了一会儿，发现我没理她，便悄悄地回到座位上课了。上课时我仔细观察，发现她一点都没有不舒服的表现，反而被学习的内容吸引住了，集中了注意力，还积极举手发言了。我想，这下美嘉应该没办法了吧。

上体育课的时候，美嘉回到教室休息，她哭着说：“好难受！”我轻描淡写地说：“不舒服，就去座位上趴着休息一会儿。”她过去了，拿出来水彩笔准备画画。我又说：“不准画画，不舒服就静息。”她无奈地静息了。隔了大约 5 分钟，她走过来对我说：“老师，我好些了。”我心中一阵狂喜，她终于露出“狐狸尾巴”啦。我不动声色地离开了教室。

“张老师，你们班龙美嘉在医务室大哭，说难受得很。还是让家长接回去看看吧。万一有什么身体不适延误了治疗，谁负责呢?”医务室的刘老师打来了电话。哎，孩子以生病为借口要回家，真是个好主意，老师还没有办法不让她回家。无奈之下，我拨通了美嘉爷爷的电话。爷爷说：“张老师，告诉美嘉，我们要晚上放学才会接她回去。她就是想逃学，不要相信她的话，我们不接她！”有了家长的支持，我就更加放心大胆地“收拾”美嘉了。想回家，没门！

或许是她知道了在我面前哭闹已经没用了，于是天天到医务室去博取同情。不过我事先和周医生沟通过了，说了孩子的特殊情况。她一个早上去了 4 次医务室，仍然没回成家。周医生非常配合我的工作，告诉美嘉：“你想吐，那么吐出来了我才能打电话让爸爸妈妈来接你回去。”于是，美嘉一直在厕所努力地想吐，结果还是没有吐成，身体是没办法骗人的。

就这样，在我和家长以及医务室的统一战线下，美嘉能想到的回家借口都被识破了。

第三轮：调整策略，较量双赢

孩子一心想找借口回家，我们一味地被动应对也不是办法。站在教育的立场，有意义的师生较量不是谁胜谁负，而是师生双赢。我的最终目的是她能尽快适应小学生活，爱上我们的班级。于是，我调整策略，引导她进入预设的状态，达成教育之目的。语文课上，只要她表现得好，我就绝不吝惜对她的表扬。此外还让她当了间餐管理员，帮助生活老师分发间餐。渐渐的，她知道自己想回家是不可能的了，并且在校也体验到了乐趣，加上在学校里有了好朋友。于是，她放弃了“演戏”，以正常的姿态投入了学习，爱上了班级，爱上了学校。

变“堵”为“疏”

个性十足且颇有“心计”的小美嘉，因眷恋父母而不断地谎称有病。面对此情，老师以三个回合的“较量”与孩子斗智斗勇。在第一轮较量“完败”之后，老师采取“统一战线”策略：老师、校医和家长共同配合，拒不认可美嘉的请假理由，迫使她无奈屈服。接着，为了问题的根本性解决，老师又变“堵”为“疏”，极为细心地为孩子创设了一个消除不适应、淡化回家念头的学习生活环境，使小美嘉终于彻底放弃“演戏”而进入正常的学习状态。三轮师生较量，是教师反思、改进和一步一步贴近教育本质的过程，也是其育人智慧增长的过程。“有意义的师生较量不是谁胜谁负，而是师生双赢”，张老师基于这种感悟“变管控为感化”，成功地践行了育人之“道”。

增强“发展力”

有教师的发展，才有学生的发展。国家对教育的导向和使命赋予，学校的文化内涵与人文关怀，团队的共同愿景与合作精神，教师自身的教育情怀与价值追求，实践创造与研究热情，育人效能的彰显与成功体验等，从内外部两个层面构成教师发展的“生态链”，催生教师发展的新样态，使教师在自我超越、自我实现中增强自信，释放活力。

我的“色彩嘉祥”

凌　宏

成都嘉祥外国语学校

扫一扫，听故事

那一年，我21岁，正值大四毕业求职季。

那一年，她不叫“成都嘉祥外国语学校”，而叫“成都七中育才学校（东区）”。

那一年，她不为大家所知，连出租车司机都找不到校址。

那一年，在人满为患的“成都七中育才学校（东区）”招聘“摊位”，我凭着苗条的身材灵活地钻到了招聘桌前，把自荐书塞到了一名和蔼可亲的老师手里，后来才知道她是学校的蔡永娣副校长。后来，听招聘我的冯老师说，听我试讲，“就觉得这女娃形象气质俱佳，上课思维清晰，有灵性，可培养”。很幸运，我就此和嘉祥结下了不解之缘，开始了我的“色彩嘉祥”油画的创作。

“青涩”嘉祥

那时的我，在画布上涂抹的第一笔是青色。对于做某件事没有任何经验的人而言，人们常形容其为“青涩”，真是太贴切了。

进入嘉祥后，我很庆幸与孙雪梅、梁明朗两位有魄力的班主任合作。虽然这两位班主任的带班风格完全不一样，但同样都把班级管理得井井有条。三年下来，我耳濡目染，跟他们学习了很多班级管理的经验。

记得开学第一天，作为副班主任，我来到教室，朗哥对我说：“不紧张，放心教，有我在。”雪梅姐说：“有什么事尽管向我开口，不要怕。”就这样，原本有些许紧张的我，在新生家长见面会上，亮出了“虽初上讲台，但自信满满，青春洋溢”的形象。

因为没有带学生参加中考的经历，我在短短一个月内做完了近十年的成都市中考题。在做题的过程中，我了解了出题的方向和教学的重难点。我翻遍了市面上的教辅资料，只为精选备课例题。我每天跟着师父听课，课后虚心向师父请教，只为少走一些弯路。备课组的老师们都很好，任何时候都耐心地给我讲解。因为经验不足，学生容易出错的地方，我总是课后才知道。于是，我花了比别人多几倍的时间对后进生进行个别辅导。除了本该我值班的两个晚自习，其余时间我也经常待在办公室，就为了晚上、课间能给个别学生再讲解，哪怕只有 10 分钟。就这样，日子过得波澜不惊，但也充实。很快，我的第一个三年过去了，我交出了一份成绩优异的答卷，完美地送走了他们。

青涩不要紧，有时，“初生牛犊不怕虎”也是一笔财富。

“赤橙”嘉祥

打好底后，我有了挥舞大笔的气势，“色彩嘉祥”的油画上，我开始挥洒“赤橙”。

因为对第一届的成绩还算满意，学校给了我更大的平台、更多的锻炼机会：担任两个班的数学教学，同时还兼任一个班的班主任。

对我而言，这又是一个全新的开始。之所以说全新，是因为我第一次当班主任，又是第一次教数学衔接班。没来得及顾虑什么，我又开始了新的尝试。面对优秀的班集体，家长们在能力上对年轻的我有所质疑，好在有班主任蔡昕老师坚定的推荐，家长们才稍稍安心。但我必须用成绩取得家长的信任。

如何因材施教，培养学生的自学能力？在深入思考、多番叩问后，我不断改进教学方法，注重拓展学生的思维。我每天带着两套备课资料，一套用于我的平行班，一套用于我的数学衔接班。付出终有回报，2013 年高考四川省理科状元郭怡辰，就是我任教三年的数学科代表。

在此，我更想谈谈 12 班，因为那是我第一次当班主任。那时的我，是赤橙色，是精力最旺盛的人：每天 7 点不到，我就出现在校园里，晨锻、安顿早读、上课，不停地备课、出题、改作业……为了走进学生心中，我让孩子们每天都写“心灵日记”。写作的内容不限，书写烦恼也可：可以是家庭烦恼，也可以是学习烦恼，还可以是交友烦恼，甚至是“早恋”烦恼……每次我都会认真批阅。三年内，班级状况不断，我总是竭尽全力当好“警察”和“消防员”。情窦初开的年纪，我给男女生分别开班会；母亲节，父亲节，我总是不忘让孩子们写写信，说出“爸妈我爱你”……但也因为年轻，有时处理问题难免简单粗暴。记得当时班上有位男生爱看玄幻小说，我收了一本又一本。最后一次，我查寝时从男生卫生间的天花板上搜出一本玄幻小说！这个小伙子彻底失去了反抗力，向我保证再也不打着电筒在被窝里看小说了。哪知道，不看小说的他居然开始写小说！英语课，晚自习……反正只要有机会就悄悄写。当然，在我的威逼利诱下，他最后还是放弃了写小说，但现在想来，说不定我扼杀了一个“韩寒”。若换一种方式引导，也许更好。

至今，我还时常想起汶川地震时，我逆着人流冲进教学楼找孩子，而孩子们满校园找我的场景；我时常想起全班把我围在中间唱《至少还有你》的场景；我还常想起毕业前的最后一课，我告诫学生以后做事要“三思而后行”，当大家哭着喊我“宏妈妈”，依依不舍地和我拥抱时，我感到自己何其幸运！

我的心是赤诚，我的“色彩嘉祥”油画上是一片赤橙。

“金色”嘉祥

丰收，满目金黄色，“色彩嘉祥”的油画亦然。

后来，我又带了初 2013 届 14 班、初 2016 届 20 班、初 2018 届 3 班和 10 班、初 2021 届 13 班和 14 班……每一届的孩子都很优秀，像考上哈佛大学的顾灏洲、取得卫斯理安百万全奖的毛峥等学子就来自我带过的班级。我经常告诉孩子，班号不只是一个数字，更是一个传奇。爱学生、爱教育、爱这里，其实我只是嘉祥众多老师的一个缩影。

过去的 10 余年是积累，是积蓄。当老师很幸福，这种幸福来自默默地陪伴一届又一届孩子成长的经历和“桃李满天下”的收获。

尽管，每三年栀子花开的季节，都会面临师生分别，但我的教师生涯未完待续，我的嘉祥故事未完待续，我的“色彩嘉祥”油画未完待续……

内外兼修促成长

从幼稚走向成熟，从量变到质变，从积累到沉淀……这是每位年轻教师的成长之路，更是教师自由行走的智慧之途。影响教师成长的因素有内因和外因两种。想发展、愿发展、去发展，这是教师快速成长的根本；扬鞭奋蹄、扎实行动、勇于创新，这是教师快速成长的关键；而同事的关心、师父的引导、领导的激励，这是教师成长的动力；搭建成长的平台、提供学习的条件、创造展示的机会，这是教师成长的阶梯。只有内外兼修，让内外因同频共振、齐头并进，才能浓墨重彩地绘就人生画卷。

美丽的错误

艾　华

成都市郫都区嘉祥外国语学校

扫一扫，听故事

阳光不至，紧闭的心锁不开。一如东风不来，春日的柳絮不飞。

我给自己带的班级取名叫青藤班，我希望每一位孩子都能如青藤一般，永远内心丰盈，积极向上。可是，我也曾一叶障目，犯下一些错误。

开学第一天，泽出现在我面前。“老师好!”稚气的声音，一副边框眼镜，让我感受到了书卷气。

可是接下来……“艾老师，他偷吃我的间餐!”“艾老师，他说脏话骂我!”“艾老师，他把东西全摊在地上，好乱!”

一个月里，我几乎淹没在这些层出不穷的小报告中。不得不承认，初见时那个乖巧可爱的他，现在已成了我眼中不懂规矩、惹是生非的“后进生”。小错不断、大错连连的他，让我将能想到的惩罚措施都用到了他身上——写检讨、写保证书、打扫教室，希望他引以为戒。可事实证明，这些我自认为能最快解决问题的方式，都没有奏效。

终于有一天，科代表哭着跑来我办公室：“艾老师，泽又没交作业，还让我滚!”我终于忍不住：“把泽给我叫到办公室来!”

他进来就耷拉着脑袋。

“说吧，为什么又没完成作业，这周你已经第三次不交语文作业了！你为什么还吼科代表?”我压制不住内心的火气。

他只是不住地摇头，没有为自己申辩什么。正当我准备继续数落他的时候，他竟然狠狠地抽起自己耳光，涨红的小脸霎时布满了泪水。我吓愣了，赶紧抓住他的手。本想批评他的话哽在喉间，我陷入了沉思：课堂学习活动中，同学们都拒绝和他一组；课间，有同学把他的文具藏在厕所里；寝室里，有人大声地叫他的绰号……而我做了什么？

这一个月自己忙教学，忙常规管理。面对这个第一次离家住校连被子都不会叠的男孩，这个个子比班上其他同学都矮小的男孩，这个简历上写着“活泼开朗，热爱主持、攀岩、绘画”的男孩，这个屡屡犯错的男孩，我怎么就没有冷静下来，找一找他连续犯错的根源呢？一个身心都还没适应新环境的他，面对同学的疏离，老师的批评、惩罚，在学校的每一天都是煎熬。我却自以为是地罚他写了5份检讨、3份保证书，打扫了两周教室。我开始悔恨自己的无知。

第二天，正好是我的晚自习。我在黑板上写了大大的几个字——“泽，对不起”。我带头在全班面前给他道歉。面对他适应新环境的问题，我没有给他更多的包容与帮助，反而用盲目的惩罚伤害了他的心灵。我的道歉也感染了其他同学，很多孩子也纷纷站起来反思自己的不友善行为，向他说“对不起”。几个女生还提出轮流帮助他，在学习和生活上帮助他尽早渡过难关。那个晚自习，很多孩子都哭了，为自己之前的狭隘，也为这个同伴的委屈。那天回家，我发了朋友圈，以纪念我主动承认错误，呵护了一个美好而稚嫩的心灵，并以此为契机，让班级这个和谐的大家庭充满爱与温暖。我说：“很抱歉，今天的晚自习持续了接近两个小时，一次心与心的交流让42个孩子和我都哭成了泪人。”

此后，大家改变了对泽的印象，他也逐渐融入了班级。可孩子毕竟是孩子，犯错还是难免的。只不过他犯错的频率减少了，我也找到了有效的教育方式：我“罚”他画画，“罚”他写论文，“罚”他主持班会……这些别具一格的惩罚方式，还真慢慢改变了他的坏毛病。后来，他成了班级讲堂的头牌小讲师。

现在，他因为父母工作的变动，又到了新的学校学习。而我，还在嘉祥，又接任了一个新的班级。面对这些来自四面八方的孩子，我慢慢学会放低自己的姿态，蹲下身子和他们一起成长。

其实，每个孩子都伴随着错误前行，老师又何尝不是在错误中成长呢？有人说，教育就是一群不完美的人，带着一群不完美的人追求完美的过程。

当我愿意承认这种不完美，心平气和地打理班级时，我发现我的收获超出我的想象。

每个人的成长都伴随着错误前行，我们教育的目的，应该是在尊重孩子的前提下，引导他们自我完善。作为不完美的青年教师，我也感谢在我成长过程中出现的这些“错误”，让我不断反思、完善自己。

生命的成长何其不易，让我们从心浮气躁中静下心来，认真反思每一个错误，认真打理好自己，打理好班级。

在换位思考中共同成长

“横看成岭侧成峰，远近高低各不同，不识庐山真面目，只缘身在此山中。”苏东坡这首诗揭示了这样一个道理：如果我们能学会换个角度去看问题，比如学会站在学生的角度进行换位思考，那么教育中就会多一些理解，少一些迷茫。其实，换位思考就是对学生的心理感知进行体验的过程。有了换位思考，师生之间就会互相理解、情感融洽，就会“化干戈为玉帛”。在这个故事中，艾老师从泽的“屡教不改”中深入反思，从诸多现象中查找原因，并主动、积极地进行换位思考，并与全班学生一起努力；从引发泽不良行为的症结中剖析自我，学会了放低自己的姿态，蹲下身子和学生一起成长。

教育，该留下故事

扫一扫，听故事

马飞山
成都嘉祥外国语学校成华校区

在某些人眼里，学校就像标准化的机器加工厂，一批又一批的学生被加工成合格的产品后面无表情、脑无思想、胸无大志。而老师就是加工厂的操作员，日复一日、年复一年地培养一批又一批考试机器。其实，情况并非这样。我们的不少老师都在以研究的精神做着创造性的事情。刚步入而立之年的我，回首自顾，在这并不很长的教育生涯里，就是受到这些老师的影响，留下了很多美丽的回忆和难忘的故事。这些故事的载体就是我的教育博客。工作十年来，我一共写下了 1300 多篇教育日志，共计 100 多万字，目前已有 65 万多的访问量。

师父领进门，修行在个人

在嘉祥锦江校区实习的时候，当时主管德育的罗校长听说我是医药翻译专业毕业的，让我给六年级的男生做关于青春期的讲座。在做完讲座后，我当时的实习指导老师陈舜（Jeremy）把我讲座的内容发在了他的博客上，居然还有家长评论互动。当时我就对博客产生了兴趣，回家后我把陈舜老师从 2007 年 11 月的第一篇博客到 2009 年 3 月当天的所有博客拜读了一遍，深深被博客中的一个个课堂案例、教育故事，尤其是被家长和学生以无比崇拜的语气写下的评论所感染。原来，当一个小学老师也可以这么酷，也可以像明星一样有这么多人追捧。当时自己就下定决心，也要做一个像他一样魅力无穷的老师。于是，我把当天的讲稿传上去，算是像模像样地写下了第一篇博客。就这样一发而不可收，开始了我与博客相伴的教育人生。

开学第一天，我还在为自己毫无教学经验而战战兢兢。为了备好第一堂课，前一天一直忙活到凌晨 3 点。谁知当天晚上，我把第一堂课的上课情况发到博客上以后，立即收获了好多家长的认可和肯定。这是我人生中第一次拥有作为教师的职业成就感。

在接下来的日子里，我乐此不疲地坚持写课堂实录、教学反思、教育案例、作业反馈、教育思考以及和孩子们在一起的点点滴滴的快乐与感动。尽管当时这一篇篇博客几乎都是在夜深人静的时候完成的，做这些工作也不会有领导看到，但每每在键盘上敲字的时候，我都感受到自己在向美好一步步迈进。短短一学期，我就因此而收获了所有孩子的喜欢和家长的认可。2010年因为工作的调整，不教其中一个班了，心里有点感伤，写下一篇博客后，家长和学生的评论让我感动得想哭，我的内心更是无比的自豪和幸福。

Jeremy 看到我的博客访问量居然很快超过了他，开玩笑说："早知道这样，师父就不会把绝活亮给你小子了。"我也开玩笑说："师父领进门，修行在个人，徒儿也算是没有给师父丢脸嘛。"

为伊消得人憔悴，缤纷故事惹人醉

2011 年，我到嘉祥成华校区担任班主任，丰富的工作经历促使我乐此不疲地续写博客。很多人说我到成华校区是为了追寻爱情，但我到成华校区上班的前一天，女朋友却接到了他们低年级要去嘉祥郫都校区过渡的消息。这样，我几乎把除了睡觉以外的时间全都留给了孩子们。每一个白天，我都和孩子们一起创造着教育故事；每一个夜晚，我都将这些故事变成文字和图片。在带第一个班的两年里，博客几乎每天都更新，博客的内容也更加丰富，记录也更加详细。

有学生刚转学到嘉祥，第一次住校不适应，我就来一篇《第一天的合影》，用孩子们的笑脸告诉家长：爸爸妈妈请放心，孩子们在这里过得可开心了。其实，第一天晚上开始就有孩子哭鼻子，有的甚至哭了一个月，我就陪了一个月。家长担心孩子在学校吃不好，逢年过节更是忧心，我就来一篇《元宵节，我和孩子一起过》，孩子们吃元宵那陶醉的样子，让家长都直呼

"羡慕呀，我们在家都没有吃到元宵"。班级举行丰富多彩的活动，我就为孩子们及时来一则活动简讯，如《爱暖凉山，幸福传递》。为了让家长们知道嘉祥不仅关注孩子的学习情况，更关注孩子的全面成长，我就把主题班会、一日三会所讲的内容都发在博客上，如《每天给学生讲一个故事》，是通过一个个小故事让学生感悟人生的大道理。为了让班级的各种评优选先公开透明、民主公平，每一次评优我都会进行公示让家长监督，如《关于校级三好学生、优秀学生干部的公示》。当然，班爸班妈也不是那么好当的，也总会有令人头疼的学生和各种意想不到的状况，我将这些故事都记录成教育案例，和更多的同行探讨解决之道，如《如何安排学生座位》《孩子，你还要我怎么包容你》等；家长在家庭教育方面不配合老师工作，我就写有针对性的文章给家长看，如《一个"调皮大王"妈妈的来信》《爸爸去哪儿了》……

博客中这点点滴滴的故事背后，除了幸福和满足，也少不了烦恼和苦闷、泪水和汗水，真正是为伊消得人憔悴。但也恰恰是这缤纷故事惹人醉，让我的教育生命充实起来，让孩子们的校园回忆深刻起来。

无心插柳柳成荫，坚持不懈向前行

一开始写博客，只是为了向 Jeremy 学习，做一个孩子们喜欢、家长认可的老师；后来坚持写博客，只是为了记录下自己工作的点滴，给自己的工作留下些痕迹，也给孩子们留下些回忆。谁知这一坚持，就坚持了七年；谁知这一坚持，竟有了不少意外的收获。

博客构建了一个在更大范围展示自我的平台：写着写着，不知怎么就引起了很多外班、外校家长的关注，甚至引起了《成都商报》的关注，他们还做了一次专门的报道；成华区教育局德育科的老师也关注了我的博客，还请我到成华区教科院附小为全校班主任做了一次专题培训。过去一直坐下面听其他老师和专家讲座的我，第一次体验了一把做主讲人的乐趣，那感觉，真好！

博客增进了家长对老师工作的理解和支持：生活中经常看到医患关系不和谐的报道，近些年连家校关系也开始剑拔弩张。我认为主要还是沟通不畅，彼此少了一些理解和尊重。我博客中的故事，经常成为我和家长关系的润滑剂。学生犯错被我惩罚了，为避免孩子“恶人先告状”和家长误会，我会把实际情况写成教育案例，讲述我的处理方案，如《孩子们，不要怪老师狠心让你们饿肚子》；当一个孩子让你崩溃到想放弃，家长还不配合时，我就通过写博客，用舆论的力量来影响家长，如《这样的孩子，我到底管还是不管》。当然，这样的例子还有很多很多。

博客，使我成为学校的义务宣传员。网络的世界就是那么奇妙：我在茫茫网络的一个角落默默地做、悄悄地写，不知怎的，就有隔壁班的家长，甚至外校家长来关注，这里成了他们了解嘉祥成华校区的一个窗口，选择入学嘉祥成华的一个理由。后来，越来越多的家长到我这里来咨询校园生活、求教教育难题、打听招生情况，于是我干脆在博客开辟了升学考试板块，专门用来转发学校的招生信息、重大活动和回答家长疑问，我的博客俨然成了一个非正式的半官方的招生窗口。还记得几年前的一次转学生考试，我是引导组的成员，正站在一楼大厅组织学生入场，远远听到有个家长喊我：“Marshall 老师，Marshall 老师，凌晨 1 点我们还聊过的，有印象吗?”当时那个尴尬啊，不知道的人还以为我和这位家长有什么密谋呢。

博客逼我提高素质，不断成长。著名教育家李镇西老师曾说：“其实，我和大家是一样的——对学生的爱是一样，对教育的执着是一样，所遇到的困惑是一样，所感受到的幸福也是一样，甚至包括许多教育教学方法或者说技巧都是一样的！如果硬要说我和大家有什么不一样的话，那就是我对体现教育的爱、执着、困惑、幸福、方法、技巧的故事进行了思考，并把它们一点一滴地记载了下来，还写成了书。仅此而已！只要你们坚持做，你们也可以很优秀！”

中国教育学会副会长朱永新老师，十多年前跟全国老师打赌说：如果一个老师坚持十年每日三省自身，写千字文一篇。一天所见、所闻、所读、所思，无不可入文。十年后持 3650 篇千字文，如自感不算成功，他愿赔百万。记得自己在网上看到这样的赌注时，只是置之一笑，没太当回事。

谁曾想，我开始写博客以后，关注的人多了，总感觉有很多双眼睛在看着我，一天没有写出点有水平的文字来，就担心背后有人说我水平不行；一周没有在班上组织两个有意义的活动，就担心家长觉得孩子在学校的生活单调乏味；一个月没有在班级管理和教学上弄点什么新花样出来，就担心同事觉得我没有什么进步；一年没有获得什么荣誉，就担心对不起那每天看着往上涨的访问量。截至目前，除去转载的文章，属于个人的反思、思考和故事也就几十万字，离朱老师所要求的365万字还有很大的差距。但这十年时间，写博客却为我的成长插上了翅膀，为我的专业发展增强了能量，使我在工作中充满活力、不断进取。

写博客，插上专业腾飞的双翅

马老师借助网络平台，以博客方式“通透”地将职业生活的知与行、思与悟、获与感晒在众目睽睽之下。这需要具备承受他人评头品足的勇气，专业化言说的底气，引起他人阅读快感和消除审美疲劳的灵气。这“三气”，马老师都具备了，于是才有了数年如一日乐此不疲、自信满满的博客书写“长征”。马老师的“三气”何来？答案是“研究”。马老师自入职至今，过的是研究的日子，他以研究的冲动为自己壮胆，以研究的成效为自己壮行，以研究的悟道为自己立言。渐渐的，研究成为马老师的生活方式。教师，当研究成为生活方式，他的专业底蕴就日渐丰厚，专业技术就日渐精进；当研究成为生活方式，就不仅是在自己的一亩三分地上经营，还能凝聚教育合力，为改良教育生态出力；当研究成为生活方式，教育的日子就更舒心，职业的人生就更精彩。

俯下身子，走进孩子心灵

肖凤舞

成都市郫都区嘉祥外国语学校

扫一扫，听故事

与孩子们相伴的岁月，有欢乐，也有伤心；有笑容，也有眼泪；有误会，也有感动；酸甜苦辣，应有尽有……

有一次在办公室批改语文练习册，改到一个孩子的练习册，好多学过的字都用拼音代替，而且拼音多数平翘舌不分，前后鼻音不分，把我气得咬牙切齿。我立刻把他叫到办公室，一见到这个孩子，我就有点抑制不住心中的怒火："学过的字为什么要写拼音？学那么多汉字做什么，只学拼音就可以了！"孩子站在我面前像一只受惊的小兔，一言不发，将头埋得低低的。"平时上课老师没给你讲过，学过的字不能用拼音吗？你听到没有？学过的都还给我了，是不是？""你看你作业，错这么多，你妈妈没有给你辅导作业吗？"话音未落，孩子嘴里挤出一句话："我没有妈妈。"我一听，瞬间脑子里"嗡嗡"作响，一股热泪猛地涌上眼眶。我顿时清醒过来，意识到自己刚才就像一只失去理智的母狮，在对着一只迷途的小兔怒吼。我立刻让自己冷静下来，小心翼翼地问："你为什么没有妈妈？"孩子仍然低垂着脑袋，小声地回答："我三岁的时候，妈妈就病死了。"听到这里，眼里含着的泪水如泄洪一样，"哗"地流了出来，我为自己刚才的所作所为感到无比懊悔。我平复了一下情绪，把孩子拉到离自己近一点的地方，两手搭在孩子的双肩上，眼睛直直地盯着孩子："对不起，老师不知道事情是这样的。请你原谅老师，好吗？""好！"我的话还没说完，孩子已经脱口回答我，他的眼睛像湖水一样清澈透明，他的脸蛋如花朵一样娇美，多么可爱的孩子啊！多么单纯的孩子啊！他面对刚才对自己大吼大叫发狂的人，居然毫不思索地选择了原谅。

这难道不是孩子的天性吗？无论成人在教育他们的过程中，在方式上有怎样的不当，甚至是错误，我们的孩子都会毫不犹豫地选择原谅。我们却总喜欢在第一时间下定论，总是把自己冲动时的意愿强加给孩子，也总爱把不良的情绪发泄给孩子。不管是家人还是老师，作为被孩子信任且尊重的长辈，难道不应该给他们多一些仁爱与耐心吗？因此，自那以后，我经常把这个孩子叫到办公室给他讲解不懂的知识，询问生活情况，还把孩子带回家，希望让他再次感受到母亲般的温暖……

试想如果是我们自己的孩子遇到这类问题，面临老师像我当时那样的态度，孩子的心情会怎样？这会给孩子以后带来怎样的影响？我们真的应该把班上的孩子都视如己出，因为孩子把我们当作他们最信任最尊重的人，他们应该收获相同的信任与尊重！有了这一次经历，以后的教育中一旦遇到孩子犯错，我脑中立刻就会闪现一个念头：如果这是我的孩子……接下来，处理问题的方式就更加理性，更有智慧。

我时常告诫自己：将孩子视如己出，俯下身子，走进孩子心灵。孩子是不同的，人人都是不一样的个体，善待每一个孩子，遇事再耐心一点，理解更深一点，关爱再多一点。一个班上几十个孩子，而每一个孩子的眼里都有一个懂他/她、爱他/她的好妈妈。

在忏悔中走向成熟

人非圣贤，孰能无过。在日常工作中，事务的繁忙、任务的压力、教学的不顺、学生的调皮、家长的埋怨等，都会搅得人心烦意乱。因此，教师有时难免简单地、情绪化地处理和对待学生学习中的过错。但就职业属性而言，陪伴和引导稚嫩的生命成长，原本就是复杂的过程，原本就需要不厌其烦地付出泥土之功，及时地调整失控的情绪，冷静地处理偶然事件。这些，正是教师成熟的重要标志。教师由不合格走向合格，再由合格走向优秀的过程十分漫长，其间少不了纠结与挣扎，自责与忏悔。肖凤舞老师在了解到孩子失去妈妈的情况后，对先前的怨气和粗暴自责不已并深深忏悔，怜悯之心使她省悟到应视班上的每一个孩子如己出。教师由此涵养师德，走向成熟。

成长轨迹的“三见”

何　刚

乐山高新区嘉祥外国语学校

扫一扫，听故事

王国维说人生有三重境界：“昨夜西风凋碧树，独上高楼，望尽天涯路。”“衣带渐宽终不悔，为伊消得人憔悴。”“众里寻他千百度，蓦然回首，那人却在，灯火阑珊处。”他所阐释的是成长离不开志存高远、坚毅性格、执着态度，成长是“守得初心，方得始终”的功成事遂。

作为一名嘉祥教育人，我离大师的境界太远太远。每一条河流都有自己的曲线，每一个人也有自己的成长轨迹。而我的成长轨迹不能不提到“三见”。

见自己：活出期待的模样

古希腊德尔斐神庙的门楣上镌刻着这样一个神谕：“认识你自己”。知人者智，自知者明。只有洞见了自己，才能活出自己期待的模样。

2001年的秋天，经过一个月的准备，上百张图片，50多页PPT，我自信满满地站上学校班会课赛课讲台。可是40分钟过后，一句“从这堂课看，上课激情不够，这是教师的基本功，还需要进一步修炼”的评价，让我大脑一片空白，甚至开始怀疑人生！一夜未眠后，我走进了校长办公室，她似乎忘却了或者根本不知道她的评价对我造成的残酷打击，而是耐心和蔼地教我如何克服弱点。第二天起，我用录音笔将自己的每一堂课录下来，课后反复听，发现问题，反思总结。现在想来，我非常感激这次“毁灭性”的打击，因为它让我清醒地认识自己，从而获得了凤凰涅槃似的重生！

2007年的春日，因为自己的不成熟，竞聘校长助理被否定后，我惆怅、失落，甚至委屈。但正因为“失去过更懂得珍惜”，我牢牢抓住再次来临的机会，证明自己能胜任这个岗位。我们的校长思维活跃，经常有些奇思妙想。他的很多思路和点子是在快下班甚至晚上突然冒出来的。作为校长助理，无论时间多紧迫、困难多大，我一定会让他在第一时间看到他想要的东西，即使通宵达旦，也要想法落实他布置的工作。我之前没有接触过财务报表，便利用业余时间到西南财经大学学习财经知识。为了成都嘉祥九思培训学校的顺利成立和招生，我和同事一起在教育局、民政局、发改局等部门往返奔波，一周内拿到了办学许可证。

没有挫折，不知道自己有多坚强；不断挑战，才明白有无限可能。“安而不忘危，存而不忘亡。”正是这份危机意识和进取劲头，推动自己居安思危，永不懈怠，活出自己期待的模样。

见学生：不负深情的信赖

教育是一场温暖的相遇，遇到充分信赖自己的学生，应该给予其所需的回应。

犹记2000年初始，一位非常调皮的孩子拉着我的手说：“刚哥，当所有人都放弃我时，是你对我不离不弃！”

也记得，从2007年起，我身兼语文教师、班主任、年级组长、教育处主任助理等职。忙忙碌碌、尽心尽力的我，此时却出乎意料地被一位学生投诉了。她对父母和学校领导痛哭流涕地说：“我投诉何老师，是想学校因此不让他当干部，我只想何老师一直当我们的班主任！”

还记得，离任北城时，高一的孩子们都依依不舍地为我写下了祝福的言语……

孩子们高度的信任和深情的期待，是我作为教育人的幸福！这份幸福，使我对生命更加敬畏，对工作更加不敢有半点懈怠。我随时告诫自己必须带好班级，如工匠那样精心打磨课堂，以高质量的教学回馈信赖我的学生。当时，我任教初二和初三年级，为了上好每一节课，我坚持每周到成都树德实验学校和七中育才学校参加教研活动和听课。很多时候由于过去太早，只能一个人“猫”在学校门口，唯风雨伴我等待。2008年年初教高中，除了精心备课，每节课之前我还会去听余军、朱海燕、李华平、余光明老师的课，一学期下来听了100余节。孩子们沉甸甸的未来，充满深情的期待，哪容我懈怠？我只能不断前行。正是如此，一路走来，我练就了助力学生发展的专业真功。

见同志：获得奉献的力量

在嘉祥，有太多太多的人让我感动：“非典”肆虐时誓言“绝不让一位嘉祥人倒下”的学校领导，“5·12”汶川地震时顾不上家人安危而全身心地为幼儿园小朋友驱散恐惧的幼教老师，一次次鼓励我大胆尝试并手把手指引我前行的同事长者，初心不改、潜心于自己钟爱的学科教学改革的师姐同伴……他们的行为影响我、感染我，使我淡化个人利益，获得甘于奉献的力量。

最难忘的是已经离世的罗峥嵘老师。当时老爷子60多岁，为了不耽误学生，毅然挑起三个班的高中化学教学和竞赛培训，由于劳累过度而病倒了。逝世后，当我走到他灵堂前，老人家的女儿哽咽着说：“父亲临走前呼唤的是何刚，说他没有兑现诺言帮你把孩子们带到高三，你也没有来得及带他去峨眉山避暑。”这弥留之际的遗憾，分明源于教育人的初心与情怀，有这种情怀感染，我又岂能止步不前？

最后我想说：每个人的成长之路不尽相同，但是，自我期待、学生信赖、榜样力量，是前行之路共同的坚实路基。有了它们，我们才能一往无前、快速成长、自我超越。

精神自我塑造是教师成长之关键

高质量教育呼唤高素质教师。业务精、能力强的高素质教师队伍怎样炼成？教师成长规律揭示：教师的精神能量与其发展的态势成正比。因此，在价值多元、世风浮躁的社会转型期，教师精神的塑造尤其重要。何刚老师成长轨迹中的“三见”，正是教师精神自我塑造的经验之谈：见自己，在挑战自我、锐意进取中奋勇拼搏；见学生，在潜心育人、责任担当中精益求精；见同志，在榜样崇拜、学习他者中乐于奉献。正是奋勇拼搏、精益求精、乐于奉献的品质，增强了教师的精神能量，促使其自我超越、走向卓越。

甘做“领跑人”

教师由“合格”走向“成熟”，再成为“优秀骨干教师”或“名师”，是一个自主发展的过程。优秀骨干教师和名师的共同特质是：以生命的情怀、先进的理念、务实的态度、创造性的智慧促进学生身心智能健康发展。他们的精神和行为影响、激励和引领着广大教师奋进超越、追寻梦想，成为教师专业发展的领跑人。

易婆婆的带徒之道

高中英语教研组

成都七中嘉祥外国语学校

她，是七十多岁仍躬耕教学一线的名宿。她从教 50 多年，桃李满天下。任教嘉祥期间，曾教出中考英语获满分的学生，培养了两届高考英语的单科状元；所带徒弟，有的成为四川省优秀专家，有的成为学校领导干部，更多的成为教学一线的中流砥柱。她曾被授予“全国优秀教师”荣誉称号、全国优秀教师金质奖章。她就是七中嘉祥英语教研组第一任教研组组长、专家顾问易忠兰女士，我们通常称她“易婆婆”。

在接受易婆婆的专业指导中，我们时常感佩她以身作则地追求教育价值和理想的精神。作为她的徒弟，我们受她的影响至深，在专业水平迅速发展的过程中，逐渐领悟到她的带徒之道。

站得稳课堂才对得起学生

2009 年，我加入嘉祥这个大集体，从组内曾与易婆婆共事多年的老师们口中，从与易婆婆愈来愈频繁的接触中，我感受到易婆婆对教育初心的坚守，感受到她求真务实的治学精神。

执教 50 多年，易婆婆始终坚守教育教学工作第一线，对工作兢兢业业、任劳任怨，不管酷暑严寒、刮风下雨，一年四季，她从来没有因为个人原因影响工作，几乎每天都是第一个到学校，最后一个离开，这已经成为她多年的习惯。这种习惯，源于易婆婆深深地爱着三尺讲台和学生。学生在学习中的每一点进步，她都会看在眼里，乐在心里。年逾七旬的易婆婆只要一聊起课堂、聊起学生便精神倍增，满脸充溢着幸福与欢乐，一下子年轻了很多很多。易婆婆对工作的爱和对学生的爱，更多地表现在对日常教学的精益求精上，在她看来，站得稳课堂才对得起学生。

易婆婆的备课本、听课本堆积如山。一篇篇详案有着一遍又一遍修改调整的痕迹。记得那时还没有多媒体设备，只有投影仪，她为了提高课堂效率，每节课前都要用玻璃纸制作投影片，一摞又一摞的投影片码起来，真可谓“著作等身”。

英语组郭老师坦言：“加入‘易婆婆粉丝团’已经两年多，接受易婆婆的指导之初，最令人震惊的是，易婆婆的专业眼光独到，给出的教学建议精准有效，给人以醍醐灌顶之感。我第一次接触外研社教材时，去请教易婆婆，一贯胸有成竹而又低调谦和的她，瞟了一眼我手中的参考书，立即就连贯、流畅、有条理地把高中涉及的相关知识点全部梳理了一遍，并以生动的例子帮助我理解。在我佩服得五体投地之时，易婆婆又云淡风轻地来了一句令我至今记忆犹新的话：‘在教材的第 108 页也有相关内容，你去看一下。’”易婆婆对教材的透彻把握彻底征服了我。

为了帮助我们站稳课堂，易婆婆经常邀约我们谈心谈话，谈教育宗旨，谈教学心得，谈学生心理辅导。一周又一周，一月又一月，秋去春来，我们和易婆婆的“约会”从教室后排辗转到了教室外的阳台，从教室外的阳台辗转到了办公室的作业批改台。易婆婆告诉我：“你的课堂必须有自己的内在逻辑，不能为了做题而做题，为了阅读而阅读，一切的课堂切换都必须行云流水。”这也是易婆婆一直努力的方向——用情感的线、逻辑的线，连起三尺讲台上老师和学生的心。她告诉我们怎样热爱每一个学生，怎样在最困难的时候调整好自己的状态，怎样帮助学生在困境中找到希望，怎样带领学生热爱学习、热爱生活，做更好的自己。

正是易婆婆孜孜不倦、倾情倾力的教导与帮扶，让我们一个个阅历尚浅的年轻教师逐渐成长为“站得稳课堂，对得起学生”的教学行家里手。

经得住折腾才练得出真功

在嘉祥学校，无论是经验丰富的老教师还是初出茅庐的新教师，都受到过易婆婆的专业指导。记得 2009 年年初到嘉祥，易婆婆第一次来听我的课，当时我特别紧张。虽然备课很充分，但还是没有达到理想效果。本以为易婆婆会从非常专业的角度对我的课“发难”，但令我意外的是，她先鼓励我、宽慰我，再娓娓道来我需要细化的东西，正是易婆婆的真诚与慈爱让我一下子有了一种和“家人”在一起的感觉。

然而，后来我逐渐感受到易婆婆专业关怀之下的“折腾”。我们时常被易婆婆跟踪听课，总会有问题被“无情”地指出，我们总会经历自尊心“过度维护”中的心灵“煎熬”。

易婆婆对我们的“折腾”，还体现在她对教学中的问题绝不轻易放过。那几年，我们把各种课型都上了一遍，各种阅读课、听说课、写作课、语法课、复习课、词汇课、评讲课，而易婆婆每次认真听完整节课后，听课笔记和教学评价就是满满一篇。无论哪一种课型，易婆婆都能一针见血地指出我们教学中的每一个问题并提出相应的解决办法。有时，易婆婆发现我们面对“折腾”有畏难情绪，便以名师百炼成钢的案例鼓励我们，使我们领悟到经得住“折腾”才练得出真功。回头来看，这种“折腾”使我们终能幸运地在专业上破茧成蝶、获得新生。

正是因为一次又一次的反复“折腾”，经历不同课型的磨炼、不同问题的暴露、不同亮点的发掘，我们才具备了专业的真功。2017 年 10 月，学校举行的“集体赛课”，我们英语组获得了学校唯一的团体“双一等奖”；2018 年成都市民办教育协会举办第一届说课和赛课大赛，徐瑞访老师斩获了说课、赛课“双一等奖”。

“舍得”去研究才挑得起重担

提质是教育教学改革永恒的主题。在易婆婆眼中，改革就是挑重担，教师“舍得”去研究才挑得起重担，能挑重担的老师才会走向专业精进。她以自身的行动践行这一主张。我们经常看见易婆婆在图书馆翻看文献和教学资料——她一直都在主动地学习“课改”新理念，研究改革新动向，以此更新和完善自己的知识结构，保持敏锐的思考力和不断的创新力，并将英语学科教学最前沿的动态信息和她的研究结果传递给我们。

为实现嘉祥的办学宗旨，体现其办学特色，在英语学习活动中落实培育核心素养，彰显多样性、选择性和个性化的学习方法，易婆婆带领学校国际部和高中英语组精心研制、打造了校本课程——全球高中生国际理解力公开课程“Living in a Connected World”。课程母体由美国教育机构 Knovva Academy 联合美国哈佛大学教育学院学术团队共同研发，结合嘉祥英语校本课程选修课共同打造，以 Research Learning 的课型定位，使用 USE (Understanding，Sharing，Expressing) 教学法，强调趣味性和互动体验，在内容和形式上丰富多样，融合了多媒体、情境互动、全球社区、团队合作、项目式学习等众多新颖元素，通过经济、文化、环境、政策四个维度提升学生的全球视野，学生不仅可以提前适应多元化国际群体，锻炼换位思考能力，更提高了跨文化交流的意识和水平。教材研制之初，易婆婆虽已届 70 多岁高龄，仍然在短短的几天之内就把几百页的原版教材吃了个透。从课程理念、内容到课程的设置、推行，再到每节课的打磨和设计，都事无巨细地给出高屋建瓴的指导。她这种永不满足、时刻保持对知识的好奇与渴望的精神深深地打动了我们。

易婆婆在锦江区高中英语教师教研活动做总结发言时说：“作为嘉祥高中英语老师，我们应以登高望远、居安思危、勇于变革、勇于创新、永不僵化、永不停滞的新姿态认真阅读、深刻体会高中课标中立德树人的宗旨。”这段话，既是她发自肺腑的感言，也饱含着对我们的期许，使我们不敢懈怠，以探究的意识创新实践，应对新时期教育的变化和挑战。

专业真功这样炼成

教师的专业真功怎样炼成？教育老前辈易忠兰老师以她的带徒实践给出了明确的回答。教师的专业发展由不成熟到成熟，一般要经历入格—合格—升格的过程。在此过程中，每一步都须艰苦付出。德高望重的“易婆婆”，以爱教育、爱学生的情怀，认真负责的精神和扎实过硬的专业功底，影响和培养年轻教师，助力他们专业素养提升。在此过程中，易婆婆以自身行为引导年轻教师站稳课堂，以严格的要求促进年轻教师锤炼真功，以创新的精神带领年轻教师开展研究，走向专业精进。她的带徒之道，既有对教师发展规律的遵循，又有对教育的热爱与执着。

迈克尔·杰克“舜”

孙光黎
成都嘉祥外国语学校

扫一扫，听故事

在“嘉祥教职工歌唱比赛”现场，当一位身着红色衬衣，画着迈克尔·杰克逊经典妆容的男士站在舞台中央，与大屏幕中迈克尔·杰克逊现场演唱会的“真人”隔空对唱时，嘉祥音乐厅沸腾了！掌声雷动，欢呼不断！人们没有想到，这个平时已经让人觉得完美的“好好先生”，在舞台上竟也有如此“神奇”的表现；更没有想到，这位平时随和亲切的男老师，对于自己的偶像，竟有着如此纯粹而虔诚的敬爱之心！

比赛之后，他送给我一本他写给迈克尔·杰克逊的书——确切地说，这是一本真实的追星记录，里面记录了他参加迈克尔歌迷会的经历、得知迈克尔去世时的心情、看望迈克尔父亲的感受……泛黄的书籍扉页写着“迈克尔·杰克逊，我来看你”，落款是“Jeremy Chen”。

在嘉祥，这个Jeremy，这个大家一提起都会觉得温暖的男士，他的中文名叫陈舜。

两年前，我刚加入班主任队伍时，压根没想到会与这位早已“名声在外”，外形与性格都非常独特的优秀班主任共事。我想，以他的能力与才华，他一定会像他的偶像迈克尔·杰克逊那样：成为一个影响他人，乃至影响世界的人！他的教育理念、言传身教深深地感染着我、影响着嘉祥的老师们。

换种方式说“不”

还记得第一次班主任会，大家商量着教室的布置。年级组一起做教室展板，大家一起商讨出了“晚自习十不准”（不准随意下位、不准交头接耳、不准做与本节课无关的事……）。Jeremy很安静地听着，在自己的笔记本上随意地写着。不久，他做了一张模板：黄色的长方形底板，黑色的正楷字体，正式庄重中又不乏活泼与灵动。而“晚自习十不准”在他的展板中被换成了“晚自习你可以这样做”！我一下子感受到他为师的“温度”！不否定学生，不随意对孩子说“不”。不专制、不强势，这是他给我的第一印象。

随后，这一张展板成了展示年级晚自习要求的统一展板，并一直“流传”到了现在的各个年级。也许，每个老师都能从这一张小小的展板中，感受到Jeremy对学生不一样的希望与寄托。这种希望与寄托，不是“不该”“不能”做什么，而是你能做、你会做好什么！

而后的接触，让我更加坚定了自己的认识。他说：“无论学生让你失望多少次，请依然给予积极关注，长善救失。”每一次学生因犯了错而来到办公室，他作为班主任，不会发火，不会大怒，而是以平等的态度与学生交流。与老师、同事的相处亦是如此：善于肯定，鼓励为主，多耐心而少责备，付出甚于索取。平和、温暖，是每一个与他接触的人的最大感受。这种平和与温暖，也让人与人的相处变得舒服，让他的教育更有力量与温度！

心中永远有“你”

有一天，我班那位学习习惯不好、成绩落后、缺乏自信的女生兴高采烈地跑来对我说：陈舜老师请她去12班参加冷餐会！

我很吃惊，却也被她的兴奋与喜悦感染。询问原因，她也不知内情。

参加完冷餐会回来，女孩很认真地告诉我，陈老师是感谢她为年级所做的牺牲与贡献。

原来，初二的大型感恩活动“守望亲情报春晖”表演在即，每个班都挑选了不少有音乐、舞蹈才能的孩子分配在各个节目中，孩子们为这次活动准备了很长时间。每一个参加活动的孩子都倾情付出，全力以赴。但是，第一次彩排下来，发现节目时间太长，个别节目需要被“砍”！我班的这位女孩参加的小合唱不得不被拿下。对晚会的组织者而言，节目的调换、删减是再正常不过的事；但对准备上台却又被告知不能上台的学生来说，无疑是一大遗憾。Jeremy发现了这些孩子心中的失落，他给每一个没有上台的孩子精心准备礼物，还在晚会的表彰名单上打上他们每一位的名字。他是真的把每个孩子放在自己的心里！

其实，他又何尝仅仅是对学生如此呢？

在办公室，他的打印机永远开放，迎接每一位需要打印、复印的老师；对制作 PPT 有困难的老师，他会耐心地指导，领着你把每一张图片、每一处字体都处理得完美无缺；检查班级卫生与纪律情况后，他会手写各班的优点与问题，对优点当众表扬，“缺点”则偷偷塞在班主任的抽屉里……

把别人放在心里，让他赢得了无数人的尊重与喜爱。所以，当得知他升任为初中部德育处副主任时，大家都带着欣喜祝福他“高升”，他却告诉大家他要做的事情还有很多。他希望德育处能成为班主任解决问题的平台，而不仅仅是一个公布事务的机构。他希望德育处主任能做的，是在班主任处理事务陷于迷茫时，能真正给予他们指导与帮助，而不是所谓的“通报”与“提醒”。

眼中有光，心中有人。有师如此，有同伴如此，是嘉祥师生之福！

谁也没有他“精”

当你走进班主任办公室，看到桌上的爱心小纸条，上面赫然写着“亲爱的老师：初三繁忙而又具有挑战的半学期已经过去，感谢您这段时间的付出。记得照顾好自己，别累坏了身体！”不用怀疑，这一定是初三（12）班值周孩子的真心“祝福”。他们连普通的班级值周都如此用心对待，更不用说对其他的班级、学校活动了。

这种“精心设计、精彩呈现、精致追求”的理念，应该来自 Jeremy 个人对人、对事的完美要求。“精”是一个人的性格，也是一种精神。正是因为在乎，才愿意去做好；正是因为用心，才会对事物精益求精。君不见，年级艺术节舞台上，12 班挑战无声伴奏合唱——阿卡贝拉，经多遍排练，反复调整，最后在全校舞台精彩呈现；君不见，电影节活动中，全班演绎《悲惨世界》，难度虽大，但大家齐心协力，最终完美演绎。更不用说别具特色的班级周刊、民主公正的班级“宪法”……

我佩服于一个中年男士内心对完美的追求，对事物尽善尽美的探寻！

同事、老师、领导……我还不能准确定义陈舜老师的身份，但是，他身为嘉祥教师群体的一员，正在以一种最美好、最积极的姿态感染着我，引领着我！

温暖、有心、尚美……尚不足以概括 Jeremy 个人的性格特点，而他身上对每个人的真切关心、对这个世界的温柔关怀，正影响着越来越多的嘉祥人。

“Be humble，believe in yourself，and have the love of the world in your heart.”（要谦虚、自信和心中有爱）

再次听他哼起迈克尔的歌，我越发觉得他像他的偶像，在嘉祥的每个角落都散发着光芒。他笑称自己是“迈克尔·杰克舜”。我抬头看他，浅浅的微笑、淡淡的话语，正传递着直入人心的精神力量……

榜样的力量是无穷的

榜样的力量是无穷的。哪里有榜样，哪里就有新气象。“以人为镜，可以明得失”，榜样不仅是一面镜子，也是一面旗帜。一个人、一个故事、一段话，看似平凡简单，却能点燃许多人心中的激情与梦想。这个故事选取 Jeremy Chen 的三个典型事例：教室展板上的“晚自习你可以这样做”，让人感受到了为师者的“温度”；感恩活动中的“冷餐会”，是将每个孩子放在心中的表现；办公桌上的“爱心小纸条”，折射出他对事物尽善尽美的追求……Jeremy Chen 的事迹在嘉祥广为传颂；Jeremy Chen 的精神在嘉祥师生中引发共鸣；Jeremy Chen 的榜样力量正在感染、影响着身边的每个人；Jeremy Chen 的榜样力量在嘉祥校园里传递着、生长着。

三重角色的演绎

罗 帅 蒋逸潇
四川嘉祥集团

扫一扫，听故事

“不管是担任班主任还是年级组长，他都是每天最早到达教室的老师之一，也是每天最晚离开学校的老师之一。”

“每天坚持阅读同学的小组日记，本本都要批改，每位孩子的留言都要回复，一个政治老师批改日记比语文老师还认真。”

“他的语速很快，走路也很快，总是很忙碌，似乎总有使不完的劲儿，对工作较真而充满热情。”

“在嘉祥，他是勇挑重担的那个人。2015 年刚带完毕业班，又接手了 2016 届初三毕业班，作为班主任带完初三马上又带一个初三，还担任年级组长。”

他，就是成都嘉祥外国语学校吴昌文老师。

不盲从不迎合的“特立独行者”

毕业于四川大学哲学系的吴昌文是个名副其实的“老嘉祥人”。在嘉祥工作的 20 余年时间里，他从嘉祥集团旗下公司的中层干部转型为成都嘉祥外国语学校的一名教师。对这个在旁人看起来难以理解的转变，他这样解释：“我想到教育一线去。”

吴昌文说，他是一个受益于教育的人，从小就有当老师的愿望。由于职业选择的原因，一开始没能如愿。2000 年，嘉祥集团开始筹备成都嘉祥外国语学校，吴昌文积极参与，为转型做好准备。他骄傲地说，学校打第一根桩的时候他就在现场。

面对转型，吴昌文坦言：“对我来说转型并不痛苦，因为内心一直有对教育事业的渴望。在领导和老教师的帮助下，我的转型期非常短。当然，过程中也存在困难。比如，如何与学生相处，以及班级管理工作也曾给我带来一些困惑。”

吴昌文认为，他一直在寻找趋于教育本质的东西，并有着追随初心、不从大流的执着。他秉承中国传统“严师出高徒”的教育理念，在实际教育教学工作中坚持“严在当严处，爱在细微中”，不迎合所谓的“教育热点”，坚持教育是做出来的，而不是说出来的，教育智慧来自教育实践。他执着地希望培养出“有赤子之情，有感恩之心，有敏锐之思，有独立之魂”的学生，希望学生做到诚实守信，有责任担当，有独立见解，不迎合，不盲从。

同事们口中的吴昌文总是自我要求严格和追求卓越。而他“不与正在教的学生做朋友”的理念，似乎也显得特立独行。吴昌文认为，不和学生做朋友，是由教师的职业特点决定的。“与正在教的学生做朋友”这种师生关系定位可能会给师生双方特别是学生带来更多的困惑和麻烦，老师应该是学生思想的引领者，也是其身心成长发展的后盾和指导者。他希望学生能够对老师：第一敬，第二服。他希望学生不仅能敬重自己的人格魅力，还能钦佩自己的个人视野和素养。

“我一直有一个教育观念：宽不能包医百病，严不能药到病除。无论宽和严，出发点和归属点都是要悦纳学生、热爱学生，感染学生、引领学生；刚柔相济、宽严适度，二者结合才能真正让学生敬服。”吴昌文如此说道。

推行班级自主管理的“学生潜能激发者”

吴昌文担任班主任的每个班到初二都实现了自主管理。吴昌文用了什么办法让班级如此井然有序？甚至让老师不在场时的班级秩序和氛围比老师在场时更好？

吴昌文对班级自主管理有一整套模式：从班委会建设到小组建设，从值周班委制度到环保值周制度，从值日生制度到互帮互助结对子制度，从班长到学长，从组长到“对长”（负责桌子对整齐），从环保委员到“保长”（负责教室保洁)，从纪律委员到“课长”，从安全委员到绿化委员等均有安排。他希望通过“蜂巢状”的管理模式激活每一位学生的自主意识和潜能，使班级中的每一名学生都找到自身存在的价值，让每个学生都有表现和锻炼的机会，以形成优秀的班风、学风和班貌，共同促进班级整体发展。而优秀的班级也会由此反哺每一位孩子，让孩子感受到并受益于班级的正能量所带来的强大凝聚力、向心力、温暖感和归属感。他常常对学生说的一句话——“小事情也能散发大光芒”，就是支撑这种班级管理模式的理念。

这种“蜂巢状”的班级管理模式避免了传统的金字塔式或直线型管理所带来的学生个体缺失“自由表达、民主商议、个人价值展现、独立思考”的遗憾，释放了学生的思想、心灵和行为，让学生从内心深处认同、归属于班集体，自觉自主地为班级发展贡献自己的力量；同时，这也会让孩子在潜移默化中受到感染和感动，促进学生在不断实践、不断试错的过程中成长。从制度文件和程序文件的精心设计到不同角色、人选的培养，到实施过程的悉心指导，再到反馈与评价，每一个步骤都有相应的具体教育活动作为支撑，循环往复螺旋上升，这样的做法让班级的高效管理水到渠成，让学生的自主管理自然而然。有老师这样评价吴昌文的带班风格：一个年级起始时各班情况都差不多，而吴昌文所带的班级随着时间的推移总会越来越好。

吴昌文认为，一个班级如果处于无序之中，那么任何高大上的教育理念和美好愿望在实施、实现的过程中都会变味、走形。如果学生在上课的时候随便讲话、高声喧哗，在集体活动中不遵守规则、自行其是，在自主安排时间里任意妄为、追逐狂闹；如果放纵学生抄作业，毫无节制地玩游戏；如果对学生的懒散、不文明行为、污言恶语听之任之；如果学生没有养成“尊重、理解、倾听、接纳、友善、责任、内省、自律”等最基本的品质，班主任的治班策略和教育方法便落不到实处，想要推行的任何管理措施就都是徒劳的，学生的成长和发展也将是无本之源，没有可持续性。他用十六个字归纳自己治班要实现的初步目标：静而不死，活而不乱，严谨有序，和谐高效，真正目的是实现学生的自主管理、自我教育、自主发展。

自主管理模式的最小单位是小组，小组设有组长、学长、保长、对长、课长、传长、检长……人人都有职责，人人都有事做，彼此需要相互配合。小组建设的内容包括留言板、学习任务完成情况、学法交流、纪律、基本行为规范、清洁卫生、课堂和自习常规、思想心得交流、我有话说、互帮互助实施情况、重要活动后的反思总结、每日正能量传播者评选、每周小组之星评选等。在吴昌文的小组建设中，无论是学业发展，还是学校、年级和班级开展的每一项活动、每一次评比，甚至每一个创意点子的激发都是以小组方式进行的。“我们的系列班会，也是由小组轮流承办，由其他小组进行评价。小组管理是一整套体系，融入了学生的学习、生活、工作、思想和心理需求的系列制度建设，这样做的好处是学生特别热爱自己的小组，并由此热爱自己的班集体。”

走进学生内心世界的“知心大哥哥”

除了班级自主管理制度，小组日记也是吴昌文在嘉祥的一张名片。

班上每个同学的基本情况、学习状况，同学们在学习生活中遇到的高兴的事情和困惑的事情，班级里的好人好事，学生不愿诉说的“秘密”……吴昌文都清楚知悉，法宝就是他独创的小组日记。

2005 年，吴昌文走上讲台担任班主任工作，接手的第一个班级就是一个已经换了两任班主任的“问题”班级。“第一任班主任教了一学期就离开了，第二任班主任是被学生和家长‘逼走’的，我是第三任班主任。”这对于刚开始从事教育教学工作的吴昌文来说，无疑是一个巨大的挑战。

初来乍到，同学们对老师的抵触情绪非常强烈，对老师表现出冷漠和怀疑。在这样的情况下，能和学生逐一沟通无疑是最好的方式，但是苦于没有那么多时间。吴昌文偶然看到一篇讨论“笔谈”的文章，他就开始思考能不能通过笔谈的方式解决这个问题。“那些年非常流行笔友，小朋友有了困惑或苦闷都写信向‘知心姐姐’求助，那我可不可以用这种方式和同学们交流，做他们的知心哥哥呢?”

这个想法很快实施了起来，学生每天写，吴昌文每天阅读，回复每一个孩子，回答孩子提出的每一个问题……通过这种方式与每个同学逐步建立起沟通纽带。最开始，同学们有些抗拒，因为写日记会耽误一些时间。大家最初写的内容也比较简单，后来内容逐渐丰富起来，同学们也慢慢地“上了瘾”。吴昌文说：“青春期的学生，有一个非常典型的心理特征，就是孤独感与渴望友谊的内心冲突。有的孩子性格比较内向，通过班级小组建设倡导的‘团结协作、坦率真诚、互帮互助、温暖友爱’的实践，学生可以交到更多好朋友，同学之间会相互信任，感情会越来越亲密，氛围会越来越融洽。”

2015 届的一个同学让吴昌文印象深刻。这个同学成绩较好但性格忧郁，不愿和同学接近。正是通过小组日记，吴昌文知道了这名同学在小学阶段遭遇了父母离异的心灵创痛，受到的心理伤害特别大。“这些事情孩子一般是不愿意表露的，如果家长不说、孩子不说是没人知道的。我在小组日记批语上鼓励他，后来进一步面对面交流，有两次他在我面前失声痛哭，内心得到宣泄，慢慢开始接受现实了。我问他希不希望同学知道他的故事，同学知道了可以帮助你温暖你。他和他的妈妈同意公开这个事情，此后不少同学理解了他曾经的冷漠和孤独，想方设法地主动接近他，关心、帮助他，阳光终于洋溢在了孩子的脸上，孩子初中毕业直升入本校精品一班。”

“我的想法是，每个小组都要成为一个温暖友爱、互帮互助、团结进取，能促进同学们全面发展，让他们心灵有所寄托的地方。”

吴昌文认为，小组日记和小组建设的意义在于可以真正解决同学们的一些隐秘性的，平时发现不到的问题：学习上难以启齿的困难、青春期成长的困惑、深埋在内心的情感纠结、生生之间和师生之间无法说或不愿说的矛盾冲突等。青春期孩子的心理特点决定了同学们大多不会用嘴巴把这些问题说出来，但可以通过这种方式进行交流，信任感是打开心扉的前提。

“我们经常说关爱孩子，教师要有爱心，但是光讲口号是没用的，老师爱学生就要‘长情告白和长时陪伴’。这需要在具体的教育细节中去实践、发现和体会，只有从早到晚的陪伴和坦率真诚的交流才能让学生感受到爱。每天阅读小组日记和留言，我至少要花 2 个小时，可是再忙再累也是值得的，因为班主任工作的深度和广度是无止境的，很大程度上是责任、良心、坚持、守望才真正体现出教育的魅力和班主任的价值。”

“我一直认为：作为老师，对于青春期的孩子，以长兄或父亲的形象和孩子们站在一起，分担难过、挫折、失意，共享快乐、成功、自豪，给予他们温暖，指引他们前进的方向，奠定他们未来发展的基础，既符合孩子的身心发展特点，也是青春期孩子们内心的真正渴望!”

这，也许就是吴昌文老师三重角色和谐演绎的逻辑起点。

慧眼

找到多重角色和谐演绎的逻辑起点

当前，多元复杂的社会环境对教育造成干扰，教育者难以按规律育人，主导弱位，效能难显，时有教育的无力感。而吴昌文老师通过不盲从不迎合的“特立独行者”，推行班级自主管理的“学生潜能激发者”，走进学生内心世界的“知心大哥哥”的三重角色演绎，让人感受到教育者的灵动和智慧，启迪我们破解教育无力的实践难题。这个故事给人的启迪是：教师只有建立起多重角色和谐演绎的逻辑起点，才能实现理性与情感的融合，才能守职责本分，以教育之理守持底线、遵循规律，以关爱之情沟通情感、打开心门，以务实之行促进学生行为的守正和品性人格的塑造。

非常时期的坚守

牟 馨 丁 强
四川嘉祥集团

扫一扫，听故事

2020年庚子新年，“新冠”肺炎疫情肆虐中华大地，举国抗疫，校园关闭。春节后，在国家“停课不停学”的统一部署下，嘉祥教育集团成立了专项工作小组，对远程教学做周详安排，拉开了线上教学的序幕，各地嘉祥学校高三年级网课随之启动。

高三年级教研组全体教师，作为嘉祥网课的先行者，从无到有地制订网课方案，创新性地探索授课模式，预见性地研究线上教学可能出现的问题，为高三年级教学做好准备，为后期其他年级的网课教学提供宝贵的经验和样本。老师们倾情投入、艰辛付出，留下了很多令人感动的故事。

她忙着备课，孩子在地上睡着了

大年初二，在资中老家过年的曾玲老师接到了学校的电话：“由于疫情关系，可能无法正常开学，高三率先启动线上教学。”留给老师的准备时间只有8天。“对高三的学生来说，时间太宝贵了。”曾老师对集团的这个决定并没有感到意外。

挂掉电话，曾老师和所在化学备课组同事立即进入“一级战备”状态。每天至少开两个视频会议，讨论课程内容、授课技巧等。在准备工作中，大家遇到了两个难题：一是正值寒假期间，老师和学生分散在四处，怎样在短时间内备齐统一的教学资料？

经过反复商量，决定由老师统一找资料，编辑成电子文档，学生打印出来使用。

最让曾老师紧张的是第二个问题：时间太短，怎样保证网课的质量？“课件必须零差错”，这是她给自己下的“死命令”。曾老师投入到紧张的教学工作中，根本无法陪伴家里的两个孩子，电视、iPad 成了孩子的“临时保姆”。一天中午，曾老师忙着备课，小女儿拿着 iPad 看动画片，等她再回过头的时候，孩子已经躺在地上睡着了。

说不心疼是假的，但曾老师逼着自己心肠“硬”起来，时间太紧，她不能在孩子身上分太多的心。白天孩子吵闹，影响录课，她就把录课放到了晚上。“有一天录着录着，楼下的鸡叫了，鸡叫声也被录了进去，向外一看，天都快亮了。”曾老师对自己的辛苦一笑而过：“我告诉学生，这声鸡叫是激励大家闻鸡起舞，只争朝夕。虽然授课的方式变了，但是老师们的陪伴不会变，我们始终在一起并肩战斗。”

术后一周，她回到工作岗位

1 月上旬，正逢高三上期期末，钟叶均老师的丈夫生病，在达州治疗 3 天后转入成都一家医院。照顾了 3 天，钟老师请了护工。作为高三英语教师、班主任兼年级组长的她，立马把精力放在了教学上。

谁知没过几天她胆囊疼得厉害，医生建议马上动手术，她说“学生的课耽误不得”，于是就早晚输液，白天工作，一连数天，把工作处理好才安排手术。

1 月 19 日进行手术，22 日出院，26 日筹备网上授课事宜，2 月 3 日启动高三线上教学，这是钟老师的时间表。对此，她毫无怨言：“这是应该，也是必须做的一件事，只有这样，才对得起我的学生！”

面对网课实施的重重困难，钟老师考虑的问题很多：高三学生上网课的效果会怎么样？所有学生设备是否齐全？网络信号是否流畅？怎么样来布置作业？钟老师和老师们一道，一次次开会商量解决办法，在对学生进行详细的问卷调查后，制订了一系列措施和方案。钟老师每天和学生、家长、班委不停地沟通，反复培训教师，所有的操作流程都指向教学效益。一位学生没有电脑，她马上向领导汇报，学校全力支持，把学校的电脑借给学生使用。

在线授课对网速要求较高，钟老师为了保证上课效果，干脆借住在网络条件较好的亲戚家里，并与老师们随时商讨备课内容。

2 月 3 日，高三线上授课如期举行。还在术后恢复期的钟老师，第一天上完课便满头大汗，伤口隐隐作痛。“当看到学生、家长的反馈时，觉得还是蛮欣慰，一切付出都是值得的。”

他 57 岁，却和年轻人一起拼

深夜，寒气逼人，高三物理老师张灵加了一件厚外套继续工作。自从接到线上教学任务，这位 57 岁的老教师就和年轻老师一样“拼”。

长时间的网课，对绝大多数老师而言都属首次，既无经验，也无现成案例可参考。上好网课，除了需要扎实的专业知识和教学技巧，还需要适应“看不见学生”“反馈不便捷”等远程教学中的“局限性”和网上授课技术欠熟练的双重挑战。

每一位参与线上教学的老师的执着忘我精神都令张老师既感动又难忘。“这几天每天熬到凌晨三四点才休息，老师们都非常有信心打赢这场停课不停教的硬仗。”在教科院和集团公司技术人员的支持下，张老师边学边做。他说：高三班主任非常辛苦，他们除了自身的学科任务要完成，还要建立班级群、联系家长、安排试播等，忙得一塌糊涂，我不能拖他们的后腿，只能把工作做得更好。因此，尽管每天的休息时间一再压缩，尽管已经付出了百分之百的努力，但张老师还是不断反思自己需要改进的地方：操作不够熟练、书写和作图还应该再规范一些，还要继续练习。他表示：一定要让学生满意。

“我们从来不是一个人在战斗”

采访中，每位嘉祥老师提到最多的就是“我们不能懈怠，因为大家都在战斗”。老师们感谢嘉祥教科院学术专家的远程备课指导、听课和课后指导；感谢集团信息部的技术支持和指导，帮助教师尽快熟悉网课的编录和各种软件的应用；感谢学校和部门领导在特殊时期关爱员工，并以身作则，带领高三年级的老师们反复探讨网课的实施细节。

每位嘉祥老师都在这种环境下坚守职责。陈诚老师学新技术很快，非常热心地教同事。周老师在新疆，早上上课时，他那边天还没亮，但他从未迟到。黄学仕、王超谦两位老师身处老家，网络信号不好，每天上课都需要爬到大山顶上。黎老师常常为解决教学中的难点熬到深夜。

忙碌而快乐，紧张而充实，这是嘉祥高三教师的日常工作状态。这种状态源自老师们的敬业和担当，它保证了网课的顺利进行，激发了嘉祥高三学子昂扬的斗志和奋进的豪情。

非常时期方显精神格局

2020年初，面对迅猛来袭的“新冠”肺炎病毒，嘉祥老师以自己的方式参与疫情防控阻击战，体现了忘我的责任担当和对职业的忠诚。无论是有两个孩子需要照顾的曾老师，还是丈夫生病且自己术后需要调养的钟老师，以及年岁已高、精力有限的张老师和不愿懈怠的其他众多老师，都在自身利益与全局利益发生冲突时，不假思索地放弃前者，义无反顾地选择后者。他们心甘情愿、聚力齐心地投入抗疫稳学的实战中，彰显了迎难而上的精神大格局。

十五年的嘉祥情缘

奉俊如

成都嘉祥外国语学校

扫一扫，听故事

2004年，任教31年的我面临退休，突然接到老领导吴丽校长的电话，邀请我到七中育才东区（即现在的嘉祥锦江校区）教务处工作。她的睿智、勤奋深深吸引着我，我毫不犹豫地选择了嘉祥。

初到嘉祥，年过半百的我居然想家了。白天工作忙碌时还好，每到夜深人静，我就彻夜难眠。熬了一个多月，我终于崩溃了。凌晨四五点钟，我给先生打电话："天亮了来帮我搬行李，我要回家！"可是，早晨上班时，面对关怀备至的领导、勤奋工作的老师、认真学习的孩子，要打退堂鼓的我却羞于开口。

在嘉祥的日子里，我都和班主任、体育老师一起带领学生晨练。学生早晨六点五十开始跑步，我六点四十就到操场了。嘉祥初三年级的体育考试，满分50分，学生平均分15年来一直保持在49分、48分。学生坚持体育锻炼，得来的不仅仅是体育学科中考的优异成绩，更获得了健康的体魄和坚强的意志。

教务处负责学生晚自习工作，而晚自习结束的时间是晚上九点半。我有时候还要到寝室看一看学生，回到教师宿舍就十点过了。我不会开车，所以晚上就住在学校。我住过学生寝室的四号楼，也住过沙河边上的瑞庭商务酒店。当然，较长时间我都住在现在的教师宿舍。这一住，就是15年。

在15年的教务主任工作中，我真诚地与教师和行政人员相处，在经济并不宽裕的情况下，逢年过节请他们聚一聚；谁生病了我一定要去看望，谁离职、退休了我都要去送一送，谁家庭困难我都主动去帮一帮，谁心情不好了我都去劝一劝。只要工作上走得开，我都要到教师办公室坐一坐，听听老师们的心声，聊聊干部们的烦恼，情感近了，工作也就好做了。

在15年的教务主任工作中，我特别重视自己的带头作用。在教务处，我每天来得最早，走得最晚，重活、脏活我都走在前面，干在前面。我忙碌于办公室的卫生清洁、接待工作中的端茶送水，布置考室时搬桌子、抬椅子，还经常到市上、区上取卷送卷。记得2014年1月，高中所有学科全市统考，要求教务主任押送试卷，我连续七天和教务员、司机一起，早上五点过出发，六点过到东边的龙泉印刷厂取卷，晚上八点过把学生考完的试卷送到西边的九中光华校区。

2014年2月，排课的教务员突然辞职，三天两夜，不会用电脑的我，硬是手工完成了高中、初中73个班的排课，保证了全校按时上课。

我经常说，一个孩子对学校来说，是千分之一，对家庭来说就是全部，帮助孩子就是帮助他们的家庭，就是维护社会的稳定。在15年分管年级工作中，我劝回了10多个因为各种原因辍学的孩子。为了让这些孩子重回学校，我到过都江堰、雅安、宜宾、眉山和峨眉山市，也去过育才都市家园、康郡、东方魅力之城、九龙仓等各个小区……在嘉祥，“不放弃任何一个学生”不是口号，而是实实在在的行动！

记得初2017级的一位学生，因为学习上的困难，连续两个星期把自己关在卧室里，父母每天把饭菜放在门口。只有父母不在家，他才出来吃饭，我和班主任多次到家做工作，他就是不开门。但我们始终不放弃，终于将这个孩子劝回学校。

初2018级一位学生，因父母“偏爱”妹妹而闹情绪，拒不上学，我多次到家中做工作，在她父母的配合下，她终于回学校完成了学业……

2010年7月，初2011级6班班主任突然辞职。为了避免因班主任的离开引起学生和家长的不满，校长会决定让我接任该班班主任。当时，我是该年级16个班的分管干部，而高中、初中教务处还未分开，我还在协助高中、初中校长管理学校的教学工作。在这种情况下再承担班主任工作，对我来说是巨大的挑战。我毅然挑起了这副重担，与教化学的刘雪梅老师一起，帮助学生克服因班主任离去而产生的负面情绪，引导学生理解班主任，全力冲刺初三，以优异的中考成绩回报自己三年的辛苦学习，回报老师三年的辛勤工作，回报家长三年的殷殷期盼。

为增加班级的凝聚力，我们联合了所有科任教师做每一位学生的思想工作。我们组织了大量的学生活动：操场中央的中秋晚会，教室里的集体生日会，高中学哥、学姐的学习经验交流，中考目标的分享会，元旦的亲子活动……通过师生的努力，我这一年的班主任工作得到了家长和学生的高度认可，我和刘雪梅老师终于不负厚望，圆满完成了学校交给的任务。

从教育的大局看，我做的这些事很细小，但我都将这些当成大事不厌其烦地去做，因为我是教育人，更因为我是嘉祥人。

15 年的嘉祥情，15 年的嘉祥缘，带给我的人生别样的感受，永远铭记在我心中！

一辈子的教育心

教育人需要有梦想、有智慧，更需要切实的行动。然而，每个人在追寻梦想的过程中，总会遇到不可预知的障碍和困难，总会面临各种各样的挑战，这就需要不忘初心，持之以恒。在这个故事中，工作 31 年而退休的奉老师堪称持之以恒的典范。她挚爱教育，退而不休，又在嘉祥学校工作了整整 15 年！在这 15 年间，奉老师忘我工作，严格要求自我，不断追求上进，勇于探索创造，取得了丰硕的成果。一段段回忆、一个个故事，道出了奉老师 15 年的嘉祥情、15 年的嘉祥缘和一辈子的教育心。

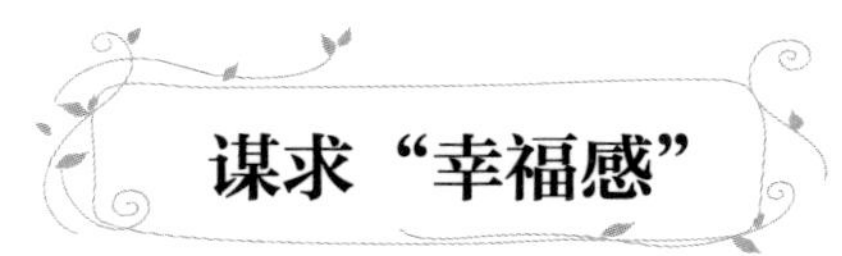

谋求“幸福感”

职业幸福感，使教师消除职业倦怠，永葆青春活力。教师的幸福感在日常教育教学中获得：以仁爱之心给学生温暖，获得信任与爱戴；以育人实效让家长放心，获得认可与信赖；以优秀业绩为学校增光，获得赏识与鼓励；以真情相助为同伴解难，获得尊重与支持。付出与获得成正比，有多少付出，就会有多少幸福的体验。

“俘虏”我的是纯真

贾志琦

成都嘉祥外国语学校实验幼儿园

扫一扫，听故事

记得我刚从学校毕业、步入幼儿教师岗位时，由于年轻、角色转换慢，我总是以姐姐、朋友的身份和孩子们聊天，用现在流行的话来说就是“一本正经地胡说八道”。因此，在孩子们眼中，我从来都是温柔的。有一次，我批评了一个调皮的男孩，他看我时眼神变得躲躲闪闪，我一下子心软了，轻声问他：“你刚才是不是被贾老师吓到了？”男孩迟疑地点了点头。我连忙解释：“你别怕，刚刚那个是贾老师的双胞胎姐姐，现在才是贾老师。”

我就这样将自己的不是“甩锅”给了一个莫须有的“双胞胎姐姐”。当我担心这个谎言会不会被孩子识破时，他却认真地说：“我还是喜欢贾老师，不喜欢你的姐姐。”男孩的话让我一怔，这样一个极其可笑的谎言，他竟然深信不疑！一时间，体内的血管里好像钻进了小虫子，浑身痒痒的。

那是我第一次因得到孩子的全然信任而欢喜，也是第一次面对孩子难能可贵的纯真而心生愧意。

在一次美术活动中，我给孩子们说明了绘画主题后，请他们充分发挥想象，围绕主题自由作画。一个男孩看着眼前的白纸犯了难：“老师，我想画一只猴子坐在火车里，但我不知道猴子怎么画。”一直以来，幼儿园美术活动中教师是否应该出示范画一直存在争议，如果直接为男孩画出猴子可能会造成他们在造型上的依赖性。于是我启发道：“你去动物园看过猴子吗？仔细回想它们都长什么样，可以用哪些线条和形状来呈现。”男孩挠了挠脑袋，无奈地说：“我不知道怎么画，你帮我画出来吧。”我委婉地拒绝了他：“老师也不知道怎么画，你要自己好好想想，不要遇到困难总是找老师帮忙。”

而男孩很快就想到了办法："老师，你用手机上网搜搜嘛!"我指着教室里的摄像头对男孩说："看到那个了吗？老师的注意力必须一直在你们身上，如果我拿出手机，它就会拍下来告诉园长妈妈。"男孩了然地说："园长妈妈就会扣你的分对吗？那你现在还有多少分?"我装作可怜巴巴的样子伸出手指比了个"1"："只有1分了。"

就在我以为这段无厘头的对话会就此打住的时候，男孩突然站起身，连带着他的小椅子发出"吱呀"一声。只见他几步冲到教师用具柜前，拿出两三张美术纸将我放在柜子上的手机遮得严严实实，最后拍着胸口笃定地说："这样就好了，我不会让你被扣分的。"

此时，有个女孩也遇到了类似的问题。她对我说想画一个公主，但不知道怎么画。男孩抢在我前头回答女孩："你就不能先自己好好想想那些故事书里的公主长什么样吗？如果每个人都让老师帮着画，老师会很累的。"看着男孩全力维护我的模样，我心中一暖。

和一群天使般的孩子待在一起，他们的纯真时常感动我，他们对老师的百般信赖使我不敢懈怠，他们对老师的爱使我发自内心地深爱着他们中的每一个。过去，我一心想扮演好教育者的角色，以老师的身份和威严"俘虏"孩子，让他们在我面前乖乖的。殊不知，是他们的纯真"俘虏"了我，使我在与他们的相处中，不得不看他们的"脸色"行事，不得不按他们的需要作为。我想，这或许就是教育者应有的特质吧。

师生交往，一段美好的旅程

师生交往是教育的主要方式，更是一门艺术，影响着孩子的身心发展。要和孩子交往融洽，除了遵循理解、尊重、平等、宽容等原则，除了讲究、掌握交往的方法和技巧，还需要感受纯真无瑕的童心，发自内心地关爱孩子。这样的师生交往，才会心心相印，才会具有教育的意义，才会成为师生生命长河中的一段美好旅程。在这个故事中，面对纯真、可爱的孩子，贾老师善意地引导、帮扶，平等对待每个孩子，呵护每颗童心，在其乐融融中与孩子们共度美好、快乐的时光。

支教，不是一场说走就走的旅行

扫一扫，听故事

杜爱虎

嘉祥小金支教团队

2011 年，我从清华大学电机系硕士研究生毕业，毅然到甘孜藏族自治州一所海拔 4000 米的小学——玉龙西村小学支教，而且一去就是四年半。

与玉龙西村小学结缘，是在 2009 年暑假。当时因为一个偶然的机会，我去那里进行了为期一个月的短期支教，跟那里的孩子、乡亲相处得很好。

一年后的暑假，我本计划用一个月时间骑行川藏线。骑到新都桥附近时，我忍不住拐到前一年支教的玉龙西村看看。没想到，孩子和村民们看到我来了，高兴极了。孩子们还不停问我：“杜老师，你是继续来教我们念书的，对吗?”大家的热情让我不忍心离开，于是我决定放弃骑行，留在这里再做一个月的支教老师。

两次的暑期支教，让我对支教有了更深入的思考。由于地处偏远，这个小学一直留不住年轻老师，只有一名住在当地年纪很大的老师教孩子们藏文。我前一年教给孩子们的语文、数学知识，过了一年时间，大家早就忘光了。

我深刻地意识到，这些孩子其实需要的是长期传授知识、陪伴他们成长的老师，而短期支教是无法实现的。

看着孩子们渴求的目光，我在心里做了一个决定：毕业后回到这里，做一名长期支教老师。

长期支教不是一件轻松的事，我也希望尽可能多为孩子、为当地做点事。我发现了一些新问题：在课本上，城市孩子司空见惯的场景、事物，这里的孩子都没见过。他们长这么大，去过最远的地方可能就是县城，对这个世界的认知除了眼睛能看到的家乡，其他只有通过电视了解。于是，我有了一个想法：有机会一定要带他们去看看外面的世界。

想法有了，实际成行却不容易。经费从哪里来、路线怎么安排、带多少孩子去、如何保障安全等都不是简单的问题。在不少好心人的帮助下，经费有了筹集的渠道。但大家都劝我，路线不要安排那么长，选择两三个潜力大的孩子去就好了。

我拒绝了大家的建议。“要带就带全班 9 个孩子一起去!”我坚持，要公平公正地对待这些孩子。这也许是他们一生中唯一一次出去的机会。而且，既然要让他们体验，就要体验得充分一些，对路线不做缩减。

2013 年暑期，我们 3 个老师带着孩子们前往成都、北京、青岛游学。他们第一次坐飞机、坐高铁，还坐了快艇，第一次吃了麦当劳，第一次看到大海，第一次亲眼看到天安门，还走进了清华大学、北京大学的校园……整个行程对老师来说非常辛苦，但看到孩子们兴奋的表情，我们觉得很满足。更重要的是，这一路上，孩子们带给我很多震撼和意外。支教不仅改变了当地的孩子，也对我的发展产生了奇妙的作用。

有一天，我突然发现自己好像有点出名了。那是一个星期天，我正在学生家的院子里修摩托车，两手脏兮兮的，头上脸上都冒着汗，脸上估计还蹭了油渍。这时候，一辆车停在了院门口。有个男士走近了问我：“老乡，你们这儿有没有一位杜爱虎老师?”我抬头看了他一眼说：“我就是。”那人用一种不相信的眼神看了我一下，追问了句：“你就是杜爱虎?”

原来，他是我清华的校友。他在四川校友会群里看到了我的消息，于是专门开车到玉龙西村来看我和孩子们。

后来，越来越多的人知道了我的故事，也有人找到我希望能为那里的孩子做点事情。我似乎成了一座桥梁，连接起了玉龙西村和外面的世界。

有段时间，我们村的电力很不稳定，偶尔会连续好些天不来电。我在清华电机系的师弟师妹们设计并落地了一个“梦之网”的实践项目，利用太阳能供电系统为学校提供稳定的电力，相当于为村小建了个微电网。那段时间，几乎全村的村民每天都往学校跑，给手机和其他设备充电。那场景，我现在都记得很清楚。

从那时起，村民就把我看成了“万能人”。他们觉得我有办法解决他们解决不了的问题，我变成了村里的文书、手机修理工、电工、淘宝服务专员等。甚至村民的牦牛丢了，也来找我想办法。对了，村民们还给我取了一个藏族名字：泽仁达吉。他们说，这是长寿、坚定的意思。

因为支教，我体会到了作为一名老师的成就感、价值感、幸福感。这促使我在支教结束之后坚定地选择继续在教育行业深耕和发展自己。

2016 年 3 月，我结束了长达 4 年半的支教，入职嘉祥锦江校区，成为一名中学老师。不过，2018 年 8 月，我又代表嘉祥集团，带队前往小金支教三年。有了之前的支教经验，我对偏远地区孩子的教育已经有了一定的把握，也感受到了偏远地区办教育的不易。所幸，在嘉祥集团和小金县委县政府的支持下，我们的支教获得了不错的口碑，现在都有邻县的学生想转到小金中学读书。

因为支教，我看到了教育是推动整个社会进步的重要力量。而支教的经历也促使我不断思考教育的问题，让我在支教生活中收获温暖、有所成长。“靡不有初，鲜克有终”，我要善始善终，坚定地走在支教这条路上。

为偏远地区孩子播撒教育的阳光

“如果人生真有意义与价值的话，其意义与价值就在于对人类发展的承上启下，承前启后的责任感。”2006 年感动中国年度人物季羡林先生所说的这句话，道出了教师的责任在于传承文化、传递知识，在于为孩子们播撒教育的阳光。在这个故事中，从短期支教中收获了友谊的杜爱虎老师，为了山区孩子的教育与成长，放弃了城市优越的工作条件，毅然踏上了艰苦的长期支教路。在支教过程中，杜老师用爱心播撒阳光，用真心播种希望，全身心地投入到山区孩子的教育之中；杜老师用情怀践行理想，用责任推动工作，用自己的行动感召、带动更多的人投身公益事业……为了学生的发展，杜老师在教育的路上不断跋涉着、耕耘着。

“准假，记得回来！”

刘 艳

成都市郫都区嘉祥外国语学校

扫一扫，听故事

来来去去送走了一批又一批孩子，我仍然没有习惯与他们道别。每到学生毕业，我都会逃避，从来不敢在课堂上正式地给孩子们临别赠言。因为我怕！我无法管住那不听话的眼泪……

最近的一次离别发生在 2018 年 6 月 15 日。中午吃过饭，我匆匆地来到教室，看到几个孩子还在做清洁。讲台前，斯睿、乐乐在黑板前忙活着什么。我低着头，检查着教室的卫生。

乐乐带着她那标志性的甜美微笑，像欢蹦的小鹿来到我身边，挽着我的手臂亲热地说：“刘老师，请您到讲台上去吧！”我以为我站在那里影响了他们做清洁，随她走上了讲台。刚到黑板边，“哗”的一声，斯睿麻利地拉开叠在一起的黑板，微笑着大声说：“刘老师，看这里！”只见黑板上写着一个全班的毕业请假条。

瞬间，我内心深处那最柔软的地方像触电一样，鼻子一酸，眼泪在眼眶里打转。是啊，分别就在眼前了，我还在伪装，还不敢直面这个问题。

我用单薄的后背对着教室里几十双纯净的眼睛，掩饰住内心的激动，拿起一支粉笔，在“准或不准”旁边激情地写了大大的“准假”两字，然后在下面写了一句“记得回来！”感叹号写得又大又有力，最后认真地签上了我的名字。

我写完了，讲台下爆发出热烈的掌声，这时我才看清楚：旁边那块黑板上，写满了他们的名字——45 个名字！还有全体科任老师的名字，虽然又多又挤，但很工整。这个“假条”是假的，但我从那一列列的名字中读出了孩子们的认真，读出了他们的留恋，读出了这一年我们结下的深厚师生情……

转眼间，新学期到了。一天课间操时间，我踏着急促的催操音乐，匆匆往操场奔去，追赶我那群新接手的孩子。来到四楼电梯对面，从右边走来一个初中生，个子不高，小心翼翼，左顾右盼，向左边的小学部走去，这不是上期毕业的雨星吗？那个进校不久和同桌闹矛盾，被我教育过一次就变得乖巧的孩子，那个在平日里默默地喜欢着我的孩子，那个在毕业晚会上带着伤感要我抱抱他的孩子！

“雨星，你在这里干什么？”我快走两步来到他身后温和地问道。

他似乎吓了一跳，猛地转身，看到了我小脸立刻红了，不好意思地说：“刘老师，我来找您的办公室，以后好来看您。”

不经意间，我又享受到了做教师的满足感，那种让学生惦记的幸福滋养着我的灵魂，让我觉得全心全意对待自己的学生才能不辜负他们的爱戴，过往的艰辛总被这样的感动镀上一层金色。

教师节时，他们真的回来了！

沛蔓从七中育才学校专程送来贺卡；摇号到七中高新校区的煜炜，专门来我办公室，恭恭敬敬地站在我身边祝福我；上两届的帝裳、雨孜、嘉颖等孩子挤出下课时间从嘉祥锦江校区飞奔过来送月饼……晚上九点半，初中部下课铃声响起，整个校园沸腾起来。我还在办公室里改作业，只听见门外有人窃窃私语，接着门被轻轻地推开了一条缝，探进来一个圆圆的脑袋，又马上缩了回去。紧接着，一群孩子互相推搡着涌进门，此起彼伏的声音响起：“刘老师，节日快乐！”像一群欢蹦乱跳的小山雀，叽叽喳喳，笑呵呵地到了我跟前。

我赶紧给他们洗枣子，切月饼，就像迎接久别归家的儿女。我们一边吃着东西，一边畅谈着他们崭新的初中生活。

就这样，隔三岔五都有孩子来看一看、聊一聊。几分钟，哪怕就看一眼，足以表达他们对我的依恋。每一次见面，我都能发现他们的进步，就像我的小苗又拔节了，园里的花儿又开了……

2018 年 8 月，我陆续收到了到嘉祥教的第一届孩子们发来的升学喜讯：那个又高又壮的劳动委员玺宸考上合肥学院了，那个阳光的小班长浩燃被南开大学录取了，那个曾经顾不上学习只顾思念爸爸妈妈的一燃考上了同济大学……花儿盛开的时节，他们像雏鸟一样飞走了，但他们没有忘记，绚烂的人生有小学老师的参与！

陶行知先生说：“你的教鞭下有瓦特，你的冷眼里有牛顿，你的讥笑中有爱迪生。你别忙着把他们赶跑。你可不要等到坐火轮、点电灯、学微积分，才认识他们是你当年的小学生。”所以，我不敢怠慢每一个学生，我总是用勤恳去改变他们的惰性，用耐心去矫正他们的错误，用智慧去解答他们的困惑……就这样，我驻进了他们的记忆里。

驻进孩子的记忆里

在学生的成长过程中，教师的一言一语、一举一动，都会深深地印刻在学生的内心，最终与学生的成长融为一体。为了学生的健康成长，为了内心的安宁，教师要静待花开，以真诚的爱心善待每一个学生，用欣赏的眼光多给学生鼓励，点亮他们心中的希望之灯，助他们永不迷途。在这个故事中，刘老师“用勤恳去改变他们的惰性，用耐心去矫正他们的错误，用智慧去解答他们的困惑”，在爱的奉献中加深了师生情谊，收获了孩子的信任、尊重和敬佩，并永远驻进了孩子的记忆里。

我们陪你到最后

魏　嘉
达州嘉祥外国语学校

扫一扫，听故事

记得 2017 年 9 月，达州嘉祥外国语学校迎来了第一批四年级新生。家长对自己的孩子寄予了厚望，也对学校充满了信心。面对这批学生，作为班主任的我“压力山大”。除了保证他们好好学习，还要照顾好他们在校的生活起居。

班上有个学习成绩不错的刘同学，很沉默，不爱回答问题，也不爱和别人玩耍，常常独自一个人学习和行动。

时间过得很快，转眼到了四年级下期。我像往常一样去迎接返校归来的孩子。可是，刘同学迟迟未归。难道是堵车？还是突然转校？我心存疑惑。正准备给刘同学的爸爸打电话时，刘同学的爸爸一条短信发了过来，他满怀歉意地说孩子由于生病，需要请假两个月。我仔细一问，才知道孩子得了尿崩症。我心里一惊：这么小的孩子，真是可怜，这个寒假他肯定没有过好。

然而，在开学后的两个月里，这个孩子并没有因病停止学习。刘爸爸要求老师将每天布置的作业拍照传给他，然后他在家附近的打印店里打印，让孩子当天完成后传给老师批改。

两个月终于过去了，刘同学顺利地返校了。孩子眼中闪烁着激动的泪花，我看得出他对学校的向往。

孩子一来，刚好面临班上的一次检测。我心想，刘同学较长时间缺课，检测仅当作练习即可。但成绩下来的那一刻，我很感动：刘同学的成绩虽然不是排在最前面，但在一个高手如云的班级里，两个月没上课的他居然能保持在中上水平！这是非常难能可贵的。

7月底，我突然收到一条消息："魏老师，我孩子已查出脑部恶性肿瘤，为了给孩子凑医药费，我们商量了很久，想退学费……"什么？恶性肿瘤？难以接受，太难接受了！他是这么爱学习的一个孩子！不只是老师、父母，孩子自己肯定也难以接受吧。我哽咽了，难以释怀。领导知道后，也为这个孩子惋惜。

大概过了十几天，我又收到一条消息："魏老师，孩子前天早上起床说左眼看不见，病情加重了，我联系医生到上海入院了。"什么？病情居然发展到这么严重的地步?！我说不出一句话，很想哭，但我知道自己必须坚强，要去安慰刘同学的父母。为了给孩子治病，家长到处找亲朋好友借钱。孩子爸爸妈妈都是工薪阶层，而且孩子妈妈为了更好地照顾儿子，已暂时不上班了……

我把这个消息发到班级家委会群里。家委会马上在班上组织了一次捐款。家长们纷纷响应，仅一天的时间就捐出善款近两万元。除了家长，老师们也纷纷捐款。家长群里大家一直在安慰刘同学的爸妈，群里的医生家长还私下联系了他们献计献策。他们很感动："孩子康复了，还要做嘉祥的学生，只要渡过这一关，孩子还想回来，回到老师同学的身边。"刘爸还在群里发了孩子的照片。群里家长也安慰孩子及父母："我们是一家人，有缘才在一起，孩子康复是大家的心愿。我们和孩子都会一起为刘宝贝祈祷，他一定会战胜病魔，平安健康归来。""孩子，虽然你在远方，但你不是一个人在战斗，嘉祥大家庭陪着你。"

没多久，我又收到班上一名家长的微信，告诉我刘同学的病情。原来，这位家长一直关心着刘同学，自己私下联系着他的爸妈。我相信，肯定还有很多家长在继续关心着这个曾经的嘉祥学子的健康。

病魔无情人有情。孩子，你是永远的嘉祥学子，我们会一直陪着你……

爱就是力量

“教育之不能没有爱，犹如池塘之不能没有水，没有爱就没有教育。爱是人类最美的情感，没有情感的教育是苍白的。”教育家说得好，教育需要爱，更需要培养爱。真爱会开启学生的心扉，激发学生奋进的激情。而爱内蕴为思想情操，外显为实践行为，具体表现为理解、关心、体贴、呵护、帮助、给予等。面对刘同学因病住院的情况，老师每天将作业拍照传给刘爸爸，又对传回的作业进行批改，保证了刘同学两个月没上课依然对成绩影响不大；面对刘同学家庭要治病而债台高筑的情况，家委会迅速组织捐款，体现了学生与家长的爱心；住院期间，家长与同学对刘同学及父母的安慰、关心、支持，坚定了刘同学一家战胜病魔的信心……病魔无情人有情，情源于爱；爱，给予刘同学一家战胜病魔的力量。

嘱　托

王　磊
成都嘉祥外国语学校

扫一扫，听故事

时光回溯，18 年前金秋的一天，我上完课，手中紧攥着 1444 元的工资条，兴奋不已。买衣服、买裙子、买手串……恨不得把想买的都买下来。这是我人生第一次领工资，在当时也算高薪，别提有多开心了，可是……

上午十点左右，哥哥打来电话，他哽咽的声音让我有一种不祥的预感。父亲病了，病得不轻，疑是肝癌晚期。我怎么能承受得了这突如其来的大悲？我瘫软在椅子上，办公室没有其他人。但我并没有哭，脑子里全是“可能不是真的，等‘川医’确诊了再说。我该怎么办？抓紧时间尽孝！我没有时间耽误在哭泣流泪上……”其时，胡维良主任进来了。“小王，领工资了吗?”他满面笑容关切地问。顿时，我那不争气的眼泪夺眶而出，一发不可收拾。大约 5 分钟后，我把父亲的情况告诉了他，他给了我真诚的安慰。

从此，我多了一份牵挂，多了一份沉甸甸的责任。父亲来到成都华西医院，确诊为肝癌！经多方打听，我送父亲住进了彩虹桥旁的 363 医院。从那时起，我每天中午都会准时搭乘 35 路车到医院送菜送饭，划价取药，穿梭在医院的各个楼层。那时，浑身就一股劲儿：好好治疗父亲，延长他的生命。

363 医院的伽马刀在当时算是西南地区最先进的设备了，治疗价格也是十分昂贵。基础治疗费用 2 万元，每天做一刀，一刀 2000 元，要连续做 20 次才算一个疗程，共需三个疗程。对于工作刚刚起步的我而言，到哪里去筹这么多钱？这些事被维良主任知道了，在我最困难的时候他给予了我莫大的鼓励和支持。

没过两天，郭燮南校长也知道了这件事，专程前来关心，之后便是副校长、中层干部，大家纷纷伸出援助之手。这份感激内化为我工作的动力。每次到了医院，我就把这些与父亲分享。只有此时，父亲的脸上才会露出欣慰的笑容。他知道自己的病有多严重，奶奶就是患肝癌走的，姑姑也是。现在想来，当时他也许是为自己的女儿拥有一个温暖的工作环境而高兴和自豪吧。后来听同室的病友说，我爸讲起我和我的学校时，眉飞色舞，可激动了。

那天，我从医院回来，手里捏着费用催缴单，不知道该往哪里走。“请续交 10000 元。”我到哪里去寻那么多钱？维良主任似乎看出了什么，悄悄地出去了……第二天，我接到了财务室打来的电话，告诉我随时可以从公司财务借走 10000 元，还款时只需还 5000 元，归还日期不限。我办完了手续，一刻不停地往医院跑，一是怕医院中断治疗，二是急于把这件事告诉父亲。父亲知道是董事长特批的这笔费用，感激得一时说不出话来。他别过脸去偷偷擦掉了就要滚落的泪水。父亲临走前，说了两句话：“二娃，我不担心你，你要在学校好好工作，好好回报。生病是无法挽救的事，但我并不痛苦，治疗期间我是幸福的。”

“好好工作，好好回报”，这句话是一个父亲对女儿最后的嘱托。我知道分量有多重。嘉祥就是为我遮蔽烈日与风雨的参天大树，我没理由三心二意，没理由心猿意马，没理由这山望着那山高……有的只能是进取、奋斗、奉献。时至今日，我在嘉祥充实、快乐、幸福地度过了 18 个春夏秋冬，看着她的变化，我心生自豪。我庆幸自己当了教师，每天眼一睁，就是在嘉祥与最天真、最纯洁、最灵动的孩子们在一起。曾经和现在，我都在心里自豪地说：我热爱教书，我喜欢孩子，我深爱着嘉祥。到哪里都是教书，但我要把真心、真情献给给予我恩情和关爱的嘉祥。

为纪念嘉祥诞生十八周年的开学典礼，最后一个环节是分享蛋糕。典礼结束后，我为自己没有获得上台分享蛋糕并合影留念的殊荣而感到无比失落和惋惜。这时，我才深深地意识到自己对嘉祥的那份爱恋的深刻和绵长。

时过境迁，四季轮回，往事如烟。但是，关于嘉祥的那些事、那份情的记忆在我脑海里清晰如故，经得起时间考验，扛得住风吹雨打。

慧眼

人文关怀的力量

也许，18 年前给予作者帮助的学校领导和同事早已淡忘此事。然而，“时过境迁，四季轮回”，“关于嘉祥的那些事、那份情的记忆在我脑海里清晰如故，经得起时间考验，扛得住风吹雨打”。作者这一发自内心的感慨，源于其体会到了人文关怀的力量。教师，是教育的第一主体和核心生产力，管理者若将教师摆在学校的正中央，尊重他（她），关怀他（她），在其遭遇生活困境或面临工作困难时真诚地伸出援助之手，无疑会令他（她）终身铭记。既有制度规范，又有温情关爱的学校管理，才能更好地激发教师的事业愿景，增强其职业动力，催生其教育智慧；有来自管理层面的浓浓的人文关怀，教师才会毫无保留地将珍藏着的爱意加倍地“转移支付”给自己的学生。

开启人生的另一段旅程

左　曼

成都嘉祥外国语学校

扫一扫，听故事

2010 年之前，我的身份是一名运动员。

12 岁开始练排球；13 岁入选四川省女子排球队，走上了专业运动的道路；2002 年转型为沙滩排球运动员；2005 年入选沙滩排球国家队。那些年，我的生活就是围绕着一颗小小的排球而转。

排球是我唯一的爱好，如火的青春在我的运动员生涯里肆意燃烧着、跳跃着、绽放着：全国第十届运动会第三名、世界沙滩排球巡回赛（上海）亚军、国际女子沙滩排球挑战赛香港站亚军、全国沙排锦标赛冠军、全国沙排巡回赛冠军，我甚至还获得了国家体育总局授予运动员的最高运动等级荣誉称号——“沙滩排球国际级健将”……站在各大赛事的领奖台上，我享受着排球带给我的快乐！

直到 2010 年退役，所有人都以为我花开荼蘼，光芒即将隐去的时候，我带着心爱的排球走进了嘉祥校园，开启了我人生的另一段精彩旅程。

行走在校园里，一张张稚气未脱的面庞、一个个奔跑跳跃的身影、一声声清脆动听的“左老师”，都让我深刻明白：体育教师这份工作于我而言，不仅仅是一份工作，更是我梦想的延续。

从教八年，我不断完善自己，认真教学，爱学生、爱课堂、爱集体。前段时间，已经毕业好几年，正在攻读清华大学建筑学院博士学位的嘉祥高 2012 届学子田恩泽来信了。他在信中这样写道：

排球教会了我厚积薄发。现在在大学，我看到一些刚学排球的人，可能花了好长时间学会了连续对墙垫球，手臂肿了，上场打球还是不尽如人意，于是就觉得排球没意思，放弃学习。殊不知，排球是项高门槛的运动，我当初花了一年时间练弹跳，一年时间垫墙打墙，手肿膝盖青是家常便饭。我心甘情愿付出这些，我也收获了很好的身体素质。现代人什么事都想求快，快餐文化、速食文化接踵而至，而排球让我保持清醒：最快的方法是慢下来。

排球教会了我顽强拼搏。我记得高中最后一次省比赛，我深刻体会到什么是不抛弃，不放弃，不惧任何挑战。我们身高一米七的副攻照样拦死对方一米八五的重扣；我们的后排队员不断滚翻鱼跃，不放弃任何一个看似无望救起的球。面对实力高出我们很多的对手，我们也不想让对方赢得轻松，我们想让观众、让对手感受到我们也很强大。现在，我也是一样，哪怕遇到前所未有的强大挑战也会积极地尽力做好，而不是轻言放弃。

排球教会了我调整心态，没有队伍能够永远胜利，也自然不会有队伍永远失利。当付出“事与愿违”时，我常常告诉自己要冷静；当生活“事与愿违”时，我也告诉自己没什么大不了。保持正常的生活作息，然后直面事实，思考自己真正想要的是什么，又该如何取得，然后一步步去做。

……

读着这封信，我感慨万千。当初面临退役之后的再就业，我其实有很多看似更好的选择，这些年也一直有人为我放弃那些机会而感到惋惜。然而，时间证明了一切：我选择了一条平凡的教育之路，育人的过程也充满了挑战和艰辛，但那算得了什么呢？荆棘之中依然绽放着绚烂夺目的花朵！

在嘉祥，我们的体育组，我们的排球队，还有更多的体育团体，都在绽放着精彩。我们将继续携手前行，去迎接更多的精彩！

选择教育，选择奉献

每个人在职业生涯的旅途中，都有不同的选择。而不管选择什么，都无可厚非。不管是遵从内心的选择，还是被动接受，只要“干一行爱一行”，就会有所收获。在这个故事中，左曼老师从辉煌的排球生涯悄然转身，没有选择热门、紧俏的行业，而是选择了教育，选择了奉献，选择了平淡。“……不仅仅是一份工作，更是我梦想的延续”，这发自肺腑的话语，不仅表明了她怀揣的梦想，还道出了她满满的爱心，更折射出她心甘情愿的付出。尤其是从学生充满感情的来信中，她更感受到教师职业的价值和育人的幸福，坚定了从事教育的信心和决心。

用爱来守护生活的“玻璃”

扫一扫，听故事

吕美龄

成都嘉祥外国语学校成华校区

假如有一天，命运将你痛击，你会怎么办？史铁生的命运震撼了我。

人的生活就像一个看似安全的房间。突然有一天，房间里的玻璃“砰”的一声碎了，是命运砸的，还是你自己？

我的“不幸”就与命运无关，而是典型的自以为是、孤芳自赏、搬起石头砸自己的脚。

刚工作的第一年，我很幸运地被领导赏识，作为教师代表在大会上分享工作心得。可那时的我，一心扑在考研上，对领导、同事委以的重任敷衍了事，结果可想而知，我的脸上从此印上两个字：不行。每次抽查备课本，一定要查我的，我因做不到十全十美，只好接受批评；各大领导经常在我教室门口晃，而我经常挨批评，有时是因为学生没坐好，有时是因为我没控制好情绪粗暴地训斥了学生……我每天都是焦头烂额、胆战心惊，觉得自己怎么这么倒霉啊！

这样的“不幸”持续了一年，直到考研结束，我才大彻大悟：这块玻璃是我自己打破的，幸运和倒霉其实都源于种什么因结什么果。

第二年，我改掉了自以为是的坏毛病；再一年，我工作时间比别人长，工作量比别人大——两个班的语文课、舞蹈课……功夫不负有心人，我的付出换来了学生成绩的名列前茅。我再次得到众人的认可和赞许，终于可以问心无愧地“重新出发”。其实，我的理想从来都不曾被时间磨灭，但只有懂得全心投入、脚踏实地的人才有资格追求理想。

因此，我明白了，要用爱来守护你生活的“玻璃”。

著名作家史铁生对爱的理解让我佩服：爱包括喜欢、爱护、尊敬，还有最要紧的一项——敞开。

敞开是什么？是不因对现状的不满而自我封闭，是打开心门接受现状，再全身心地投入来改变现状。如果做不到敞开，那你只会看到周遭的环境多么糟糕，现在所做的事情多么不值一提，接触到的人多么无足轻重。这样的话，你已经在举起石头砸你生活的“玻璃”了。

我现在的职业生涯更顺利了，但我其实比谁都清楚，这不是运气，而是真正敞开心扉，全情投入这份职业结出的果实。

“敞开”让我真切地感受到了一个团结有温度的集体给予我的成长。还记得刚到嘉祥的第二年，我在许多老师的帮助和支持下参加了教学竞赛。那时，我的资历还很浅，自然为能承担这份重任而受宠若惊。但我也知道，要不是在日常教学中我付出极多的时间和精力，谁又会相信我拥有成功的可能性呢？

以前我的心有两扇门：一扇连接生活，一扇连接工作。我希望两者泾渭分明，我害怕工作影响了生活。现在，生活的大门向工作敞开，工作就在生活当中。一次寒假的时候，我去了俄罗斯旅游，竟没有多想给自己买些什么，而是希望给班上的孩子带回一些有意义的礼物。我找了很久，在一间很小的旧书店里找到了苏联时期的旧明信片。孩子们拿到礼物时兴奋极了，不仅因为这小小的礼物，更因为他们感受到老师对他们的爱……

在工作中，我真切地感受到了人与人之间、人与工作之间敞开的魅力。校长办公室的门，除了开会，大部分时间是敞开的；老师们对学生，都敞开心门，倾囊相授；我准备赛课，同事们都敞开自己的智慧之门、经验之门给我帮助。敞开教育，不只认成绩，而让学生有自己的发展空间；敞开教学，不局限于书本，多给学生生活经验和课外知识……我深深地感受到敞开带来的幸福感。这份幸福感，不是命运给予的，是由自己选择的工作态度决定的。

我觉得，无论打破“玻璃”的是命运，还是自己，都如史铁生所说：“苦难极处不可以消失的是希望和信心。”是啊，只要你往前走，就有路，不管是什么样的路，有路可走，希望和信心就永不枯竭。我想：生活这条路，没有一事不难。若是美好，叫精彩；若是糟糕，叫经历。有路，就还有希望。

敞开，邂逅最美的教育

“教育意味着一棵树摇动另一棵树，一朵云推动另一朵云，一个灵魂唤醒另一个灵魂。”而摇动、推动、唤醒，最不能缺的是温度，最需要敞开的是心扉。敞开就是一种教育，敞开心扉才能邂逅最美的教育。在这个故事中，曾经“自以为是、孤芳自赏”的吕老师，在敞开心扉后真诚付出，收获了领导的信任、同事的赞许和学生的敬佩。在前后对比、真切感受、用心感悟中，吕老师体验到敞开的魅力，收获了满满的幸福，并坚定了勇往直前的决心。

爱的 “印记”

花 洁

成都嘉祥外国语学校实验幼儿园

扫一扫，听故事

教师职业是一条漫长的路，是一本不断增厚的故事书。

我翻开的这页故事，是关于一块“疤”的故事。这块“疤”不深不浅，不痛不痒地在我的手臂上已有三年，也在我的心里深深地埋了三年。

三年前，我刚入职场，在幼儿园全托班担任助教工作。全托班的新生就要入园了，我们早早地整理好班务，做好了迎接新生的准备。在整理新生资料时，我注意到一名叫“楷楷”的新生。他的家庭住址吸引了我，在偌大的成都，竟然会遇到一位我的大邑“小老乡”！因此我对这个“小老乡”满是期待。记得我在门口等了很久都没看到他，最后他手里抱着一个很大很大的毛绒玩具出现了。我迫不及待地上前跟“小老乡”打招呼，可是“小老乡”没有回应，一直躲在妈妈的身后。在放置好所有的生活用品后，楷楷的妈妈拉住我，细声说了一句：“请你帮我抱住他，我走了。”我抱住楷楷，希望他知道幼儿园里还有我这个“老乡”可以陪伴。可是，在他妈妈离开的一刹那，我突然感觉手臂一阵火辣，然后就麻木了。我低头一看，两排牙齿深深陷进了我的手臂里。我当时脑子一片空白，很痛，但没有放开手，依然保持答应妈妈时的姿势，就这样一分钟后我终于忍不住叫了一声，楷楷这才意识到自己咬伤了我。班上其他老师闻声赶来，看到我手上整整齐齐的血牙印，纷纷询问：“怎么了？”楷楷只是大声地哭喊道：“我要去找妈妈，我要去找妈妈……”所有老师都对他的举动感到惊讶。只有我知道他当时的心情，那种对未知的恐惧与慌张。园长妈妈闻声赶来，并在第一时间与已经在回家路上的楷楷妈妈取得了联系。楷楷妈妈的反应让我内心感喟不已：接到电话的第一时间她没有询问自己的孩子是出于什么样的原因咬人，而是信任园长妈妈并再三道歉表示要负责。这样的反应、这样的信任让我的心情五味杂陈。

因为伤口较深并且还在出血，我立刻离开幼儿园前往医院消毒。在路上，我一直在回忆刚才发生的一切。我反复思考：为什么我没有推开他或是放开他？这个问题至今无解。但我不后悔当初的举动，也不后悔让自己的手臂留下了永远无法抹去的伤疤，因为在之后的两年里，这个伤疤让我和楷楷成为无话不说的朋友，让我和楷楷彼此信任，相互陪伴，共同成长，一直到他大班毕业离开幼儿园。

很多人看到我手臂的伤疤都会问我同样的问题，而在知道我为什么被咬以后也都会问同样的问题——“你为什么不推开他”。对于这个问题，我总是一笑了之，因为答案就是“那是我本能做出的反应，因为我是幼儿园教师”。五年后的今天，我更不在意这块伤疤了。我把它当作老天给我职业生涯的一块印记，一块成功的印记，一块骄傲的印记。这块印记至今一直提醒着我，一位真正的教师，应站在儿童的立场，真诚地面对、理解和处理好他们成长中发生的一切，哪怕所发生的是令自己不愉快和自己不愿看到的。

慧眼

承受是最真诚的担当

因妈妈的突然离开，惊惶失措的孩子狠咬抱着他的花洁老师的手臂不放。多年后回顾此事，花洁老师不仅无怨，甚至还感到骄傲。当时，她没有因突如其来的剧痛强行推开孩子；后来，也没有因留下永远的疤痕而怪罪孩子，而是和孩子做起了无话不说的朋友。诚然，推开孩子是情有可原的本能反应，花老师却强忍剧痛达一分多钟。她解释“那是我本能做出的反应，因为我是幼儿园教师”。她的“本能”，诠释了教师的精神格局，演绎了真诚的责任担当。教师的担当没有豪言壮语和信誓旦旦，只有大爱支撑的默默承受。承受是教师职业生活的常态。当因学生调皮而心生烦躁，因家长误解而深感委屈，因工作劳累而身心疲惫时，甘于承受的教师通过自我调节平息烦恼、排解委屈、告别沮丧、消除疲劳，充满激情地为生命投射阳光。

嘉祥教师的一天

扫一扫，听故事

杨丹丹

达州嘉祥外国语学校

“丁零零……丁零零……”急促的闹铃声响起，她起床了。她麻利地起身，不带一点拖沓，迅速地洗脸化妆并穿上前一天晚上精心挑选好的衣服，再蹬上那双时髦的小皮鞋。她刚跨出门，一个猛回头，转身抱起了桌子上的一摞试卷。原来，她是嘉祥学校的一名教师!

她习惯性地步行下楼，总觉得只有这样才能驱走前一晚熬夜加班的困意。楼道里人很少，所以这里也常常成为她清晨开嗓的好地方。在轻快的脚步声与令人放松的小曲儿中，她见到了一天中第一缕灿烂的阳光，明亮又温柔。她热情地与身边的同事打招呼，想把心中的小美好传递给他人。

早饭后，她来到办公室，简单地整理完自己的物品便走向教室。才刚到走廊，她脸上就露出欣慰的笑容。那是多么整齐有力的读书声啊！听到这声音就仿佛看见教室内的场景：早读委员一定正拿着书站在讲台上大声领读，下面的同学也整齐地跟着读。走到门口，她立刻拿出手机将这情景录了下来，因为，这正和她内心期待的一模一样！她在接手这个班级后，不知付出了多少艰辛才让这个班的一切井然有序。

早读结束，接下来连续两节都是她的课，她早就计划要评讲前一天那份有难度的试卷。课前三分钟她便来到教室候课，看到那一摞“新鲜出炉”的试卷，孩子们一个个兴奋得跳了起来：“老师，老师，我得了多少分?”“老师，我这一次挑战成功了吗?”“老师，我来帮您发试卷吧!”可还未等她开口，机灵的“小秘书”立刻大声地说道：“同学们，老师要评讲试卷，请你们准备好红笔和草稿本。另外，我会请三名安静的同学来帮老师分发试卷，其他同学请耐心等待。”瞧瞧这自信的样子、洪亮的声音，还真是个贴心的“小秘书”。正在这时，教室的后门被推开了，校领导拿着板凳、听课本走了进来，坐在了教室的正后方。这是她第一次被听“推门课”，可她一点也不慌。课上，她尽量多让孩子们发言。她喜欢通过鼓励发言去培养孩子们的表达能力，也喜欢通过倾听去判断孩子们是否真正掌握了知识；她甚至期待出现争论，因为每次争论都会带来多样的问题解决方法。就在激烈的“头脑风暴”中，下课铃响了，校领导向她微微一笑。

稍息、立正、向右看齐、向前看，两列整齐的路队整装待发，操场上响着律动的音乐，大课间即将开始。她带着孩子们小跑至操场，期待着十多分钟的全身放松。结束后，他们又转战教室，孩子们开心地分享水果、交换点心，她终于能回到办公室休息一下。此时 10：25，她从 7：50 喝了第一口水后第一次坐下来。片刻后，她又起身带着备课资料向校领导请求指导。她认真地听着、写着，不知不觉已到午餐时分。她感谢领导的肯定，也深知自己的不足。她收拾好心情回到教室，领着一群孩子走向食堂。待到每个孩子都打餐完毕，她才放心地离开，忙碌的一上午就此结束。她想到可以马上去吃美味的饭菜，还能回去睡个小觉，眉梢的疲惫瞬间没了影儿。

“哟，你又在冲咖啡啊!”隔桌的老师开玩笑地说道。是啊，她怎么能不让自己打起精神呢？为了市里的赛课，她已准备了两周，今天下午她要开启第三次试讲，而本次教研会也是全组小伙伴为她最后一次磨课。下周，她将登台亮相。由于太过紧张，试讲效果还不如之前。从讲台上下来时，她整个人几乎在颤抖，紧闭的双唇里藏着失落与焦急。教研会上，组内成员依次发言，将整节课的优缺点说得十分详尽，而谈缺点更多。但她平复了心情，知道拥有这样一个能真心帮助自己的团队是多么幸福。

人们专注做一件事时，时间总是溜得最快。当下午最后一节下课铃声响起时，她才意识到繁忙的一天快要结束。急匆匆地收拾了东西跑回教室，接下来她将带学生们参加下午的大课间。与上午不同，下午的课间活动可以在集中锻炼后留一些自由活动时间，她和学生们选择了跳长绳。上学期的运动会中，她的班级是跳长绳竞赛的最后一名，少部分孩子跳得不好，大部分孩子压根儿不会跳。她当时就下定决心一定要教会孩子们跳长绳。她让害怕被长绳打脸的孩子先练习从绳下面跑过去，让找不到节奏的在一旁拍手找节奏，对那些跳不过去的孩子她干脆牵着一起跳……瞧现在，一个小组熟练而迅速地跑着跳，另一个小组也正在逐渐加快速度。而此时的她像一个大孩子，一个永不服输的大孩子。

今天，她不用看晚自习，月朗星稀的静夜中，她整理了当天的教研会内容，开始第 16 次修改自己的教案和课件……

别样精彩的教师生活

教师的工作辛苦忙碌。究竟忙碌到何种程度？这个故事以速写的手法简练而传神地勾勒出嘉祥教师的一天。繁忙而有序，紧张而有节奏。从中，我们看到教师生活的别样精彩：早读时孩子们的秩序井然和读书声，领导推门听课后的充分认可和真诚微笑，磨课研究中的思维碰撞和点滴收获，跳绳训练中孩子们对技巧的掌握和能力提升……一个个校园生活的音符，组成一曲扣人心弦的交响乐。有美妙的旋律相伴，教师工作虽繁忙但精神自由，时间虽紧张但心灵舒展；有美妙的旋律相伴，教师在压力中充满期待，在期待中生成动力，在生成动力后提升自我，从而笃信每一个明天会比今天更好。这，或许就是教师们在辛苦忙碌的工作中能够承受压力、摆脱倦怠、振作精神的重要原因。

金秋的感动

何胜洁

成都七中嘉祥外国语学校

扫一扫，听故事

那是2014年银杏将要泛黄的季节，我在嘉祥学校第二次当班主任，却是第一次当高中学段的班主任。看着学生一张张摆脱稚嫩趋于成熟的脸庞，一双双充满期待而又略带防备的眼神，我隐隐有些担心自己能不能与他们情感交融、和谐相处。

在排球活动月中，我班已进行了三场比赛，结果都输给了对手。看着孩子们沮丧的表情，我想我或许该做点什么。可是，我该怎么做？

孩子们收拾着战场，宋靖宇（班排球队主攻手）盘腿坐在球场边上，有同学拍拍他的肩问："没什么吧？"他执拗地甩甩肩说"没啥"，然后站起来，随手捡起周围的垃圾，跟着大家回到教室。

我默默地和他们一道走着，心里盘算着怎样安慰鼓励这些比赛受挫的孩子。李雨航抱着拉拉球和我走在一起，于是我有了一个主意。"雨航，我们又输了。"李雨航虽然不是排球队的，但在比赛时助威最卖力。他说："何老师，我班今天打得很好，只是对手越来越强。""就是！唉，我们的队员今天一定很沮丧，很需要鼓励，怎么办呢？"李雨航陷入了思考。我继续说："待会儿回到教室，由你提议大家为队员们今天的表现鼓掌，为他们加油。""行！"

回到教室，有的孩子已经坐到了座位上，有的还在收拾道具。宋靖宇回来了，我让他去办公室把自己的生物作业拿来，主要是想让他再出去走走。我一言不发，在教室里转悠着，等到绝大多数孩子都回来了，李雨航站了起来："我有个提议，虽然我们班今天又打输了，但我们的排球队员们非常努力，非常辛苦，让我们为他们鼓掌!"全班响起了雷鸣般的掌声，有同学高呼："好!"我抓住时机说道："确实，今天我们班的排球队打得非常精彩，比起昨天，我们班又有了大的进步，我们组织起了进攻，并且有好几个精彩的扣球。所以，值得赞赏。下周，我们还有最后一战，我们将为最后的荣誉而战!"全班又边鼓掌边高呼着"好!"曾维梓站起来说："其实，和我们打过的三个球队中都有校队成员，我们班没有，我们是从零开始，我们一次比一次打得好，我们进步最大!"同学们点头议论着，排球队队长邵云飞说道："我们才高一，明年我们'掠爆'高中!"

宋靖宇回来了，他直接走上了讲台。"我要说两句。"但他在讲台上晃悠着，没有正视其他同学，瘪着嘴，半天没说话。我想他可能有点激动了，于是带头为他鼓掌。然后，我走出了前门，从前门绕到后门。这样做，一是想给靖宇一个放松的机会，二是我怕看到孩子们难受自己也忍不住落泪。我在教室外只听到了靖宇的只言片语，他太激动了。走进教室后门，看到讲台上的靖宇局促而有些固执地站在那里，我有点想拥抱他，安慰安慰这颗受委屈的心，但我没有，因为知道他可以更坚强些。看到靖宇的局促，其他孩子不断给他打气。他稳定了一下情绪："我说最后一句，一个班集体的好不是表现在成功的时候大家欢呼雀跃，而应该表现在失败的时候大家相互鼓励。""对!"钟一平等同学高声附和。我彻底被感动了，红着眼眶站在孩子们身后。

这样一群原本稚嫩天真的孩子，在失败与困难中磨砺、成长。他们相互扶持，眼中透着坚定的信念，怀着对未来满满的期待，在困境中重新启航。而这，正是孩子们成长所需要的，也是我所期待的。

自那以后，我与孩子们的心贴得更近、更紧了。

教师退位是给学生自我教育的机会

在教育方面的成功案例和经验中，既有教师的苦口婆心和千方百计，也有教师言简意赅的点拨和灵机一动的调控。在排球比赛失利引发的学生情绪低落这一偶然事件中，何老师的处理方式属于后者。教师根据高中学生的自尊心理和对学生情绪自控能力的信任，在解决问题时选择了坚决退位和由学生“自己教育自己”的策略。这种退位并非缺位，而是情感入席，引导归位，启发和静待学生释放沮丧的情绪，平复纠结的心情。在此过程中，无论是教师强忍想拥抱学生的冲动，还是“红着眼眶”，其情感的温度学生都感受得到。感同身受、心心相印而无需言表，一根始于理解、行于期待的情感之线牵引心智的风筝稳稳地翱翔于蓝天。

为勇者拼搏铺路

扫一扫，听故事

曾定军

成都七中嘉祥外国语学校

“学为人师，行为世范”，母校北京师范大学的校训时时萦绕耳边。从走上讲台的那一刻起，我就一直坚持着自己由来已久的梦想：自闭桃源称太古，欲栽大木柱长天。这也许就是我沉浸于化学奥赛培训，为勇者拼搏铺路的动力所在。

张睿，是我为之拼搏铺路和为之骄傲的勇者之一。作为嘉祥的优秀学子，他获得过两届化学奥赛冬令营金牌，成为国家集训队成员，被保送北京大学化学与分子工程学院。2018 年 10 月，已是大四学生的张睿回到嘉祥，我们有了再次面对面交流的机会。经过三年多在北京大学的学习，张睿的发展情况特别好：专业课全院第一；早在大二就进入课题组开始研究性工作，且工作卓有成效；利用暑期前往美国进行交流访问学习……这一切，都为他将来在化学研究上的发展奠定了很好的基础。我不禁回忆起当年和他共同走过的那条充满艰辛、坎坷和希望的奥赛之路。

那是 2012 年，我还在任教初三年级，学校首次组建直升班，学习成绩居年级第一的张睿毫不犹豫地选择留在嘉祥，继续他的求学之路。为了激发学生们对化学学习的兴趣，检验学生水平，同时也为化学奥赛选苗子，我亲自命题组织“定军杯”初三化学竞赛，张睿获得了一等奖第一名。这给了他很大的鼓励。他认为这次经历是自己后来取得成绩和实现发展的坚实起点。

也许是因为成就感，也许是因为受到老师的激励，在几次交谈之后，张睿下定决心要奋力拼搏，走化学奥赛之路。

奥赛之路，充满艰辛。没有奥赛经历的人无法想象，作为一名高中学生，在完成高中常规课程学习之余，还需啃下多少本晦涩的大部头专业巨著，还包括英文原版教材。时间从哪里来？在我的鼓励下，张睿做了很好的安排：早上早起一点点，晚上晚睡一点点，写作业快一点点，周末勤快一点点。这样，平时每天多出的两个多小时可以看书，周末则每天保证 8 小时以上的时间看书……他就这样坚持下来了，少了很多娱乐的时间，却增长了见识，增长了智慧。还记得初三暑期，张睿前往一个知名教育机构接受培训，未接触过有机化学的他在课堂上听得云里雾里，只能勉强记下笔记，然后课下狂补。他顶住了压力，利用暑期钻研有机化学，在自学的过程中收获良多。是的，面对困难不躲避，迎难而上，努力拼搏，张睿具备了一名奥赛学生最需要的精神品质。我坚信，具有这样的品质，定能在拼搏的路上收获惊喜。果不其然，刚上高一，首次参加化学奥赛的他就获得了二等奖靠前的名次！

奥赛之路，充满坎坷。2013 年，张睿以高二学生的身份入选四川省代表队，这在全省尚属首次。但在北京大学冬令营决赛的现场，由于实验过程中的失误，一支试管的破碎让他不幸被挡在国家集训队之外。其实这个带着遗憾的成绩已经相当不错，但对张睿而言仍是不小的打击，他是抱着冲击国家队的想法在努力的！冷静之余，我们探讨对策，针对实验的不稳定，我们共同想办法解决。我联系了四川师范大学化学与材料科学学院，让他走进大学实验室进行部分实验的熟练与巩固；我们利用学校现有仪器和设备，自行购买部分化学试剂开展实验训练……在一天天的坚持与摸索，一次次的成功与失败中，张睿操作越来越熟练，信心越来越足；在 2014 年的冬令营决赛中，他的表现更加优秀！

奥赛之路，更充满激情与希望。我常常感动于学生们沉浸在学习中，不惜时间和精力的付出，只有一往无前的必胜信念与坚持；我也常常感动于学生们对科学与真理孜孜不倦的追求。奥赛带给学生的不仅仅是奖牌或者升学上的优势，更是拼搏道路上的精神成长。每当回忆起张睿在课堂上一次次的精彩展示，一次次的成功分享，以及同学们对知识与方法的极度渴望的眼神，我就知道，学习就该如此！有张睿这样的人在，中国未来的科技就有希望！现在，张睿已经在科研之路上迈出了一大步，也将继续走下去。我曾问他，为什么大学没有选择更热门的专业。他的回答是，喜欢就深入做下去，越深入越热爱，总要为世界做点什么……也许，这就是年轻人的激情，这就是未来的希望！

奥赛，关乎结果，更关乎过程。能力的形成，习惯的培养，品格的升华……这一切才是人的成长中最需要和最有价值的。张睿在总结奥赛对自己的影响时说："奥赛让我上了北大，但更重要的是让我学会了坚持拼搏，学会了时间统筹，更学会了有计划的自主学习！"这是张睿的收获。他的收获，也带给我莫大的欣慰和深切的感受。为学生拼搏铺路，为学生成长助力，是为师者最真实的价值创造与价值实现。每次新年级竞赛班开班，我总会把张睿这句话带给大家，以期大家能像张睿那样拼搏奋进，迅速成长。

学生的成长是对教师的最佳回报

曾老师将学生的成长历程娓娓道来，话语平实、情真意切。他将自己的艰辛付出隐匿于对学生奋勇拼搏故事的讲述之后，津津乐道于学生的精神成长、品格成长、能力提升和成绩取得，使人在欣赏张睿的同时分享到他莫大的满足与幸福。教师的幸福感从何而来？曾老师以他的经历做了最好的诠释：教师的幸福感来自职业的价值创造和价值实现，而学生的成长变化既是职业价值的核心所在，也是对教师艰辛付出的最佳回报。这种来自学生成长的回报，将永远地存留于教师精神的血液中，成为其日复一日、年复一年潜心育人的动力之源。

阳光心态，幸福教师

向晏平
成都嘉祥外国语学校

扫一扫，听故事

她，是中国教师慕课学院签约名师、省特级教师易晓名师工作室成员。

她，是区优秀班主任、市班会赛课一等奖、全国课堂教学大赛一等奖获得者。

她所带的班级参加2015年高考，实现了98%的重本率；她领衔的年级语文备课组高考成绩稳居成都市“NO.1”。

她，就是扎根嘉祥，做了十几年语文老师兼班主任的谭洁。

培养幸福的学生

汪国真在《嫁给幸福》中有这样一句诗：要输就输给追求，要嫁就嫁给幸福。我们每个人都有渴望幸福、追求幸福、享受幸福的权利。那么，对于一位教师，一位班主任来说，幸福在哪里？

“人活着不是为了痛苦，追求幸福是我们永恒的目标。作为教师，培养出幸福的学生是教育的最高追求。所以，我们首先必须是幸福的老师，才能创造幸福的班级，才能培养出幸福的学生。”这是高2015级班主任谭洁写下的教育感言。如她所写，教育首先是一种人学，以人为本，出发点和归属点都是人。

高2015级2班是一个理科班，50名孩子均属于本校初中的优秀生源。情商高、智商高、眼界高、目标高……虽然已有13年的教学经验，但在初次面对这群出类拔萃的学生时，谭洁意识到自己“不能吃老本”。如何带好班级，如何找到新班级的存在感，获得成就感甚至幸福感？在师生都还处于观望和试探的最初阶段时，谭老师就暗暗为自己鼓劲：一定要“拿下”。

开学第一天，谭洁就将教室布置得漂亮温馨，把桌椅擦得锃亮，地板拖得干干净净，在黑板上写好“欢迎来到新家”几个醒目的大字，还在教室后方的墙壁上贴上“做一个幸福的2班人”的标语。

凭着语文老师的记忆力优势，与学生短暂接触后，她就基本可以叫出每个同学的名字了。刚刚来到新的班级，被叫到名字的同学很惊喜，他们纷纷站起来向老师和同学问好。随后，谭老师宣布“欢迎大家来到幸福2班”，并发表了一通打造“幸福班级”的宣言。谭老师告诉同学们“爱要大声说出来”，于是她先大声告诉他们，她爱每一个孩子，并提出：希望他们也爱上她这个班主任，爱上这个全新的班级。班级氛围一下子活跃了起来。

接下来是分组。按照座位，谭老师把班级分成了7个组。在规定的时间内，每个组需要选出一个组长，确定组名，绘制组旗，排练好呼号和团队展示。很快，不熟悉的同学们凑到了一起，说说笑笑，气氛很是融洽。超强的执行力，鲜明的组名组旗，极富特色的团队展示，让人感到这个班的孩子确实实力很强。

一系列活动完成之后，一个同学站起来说：“谭老师，你是我们喜欢的班主任，我们2班值得期待！”同学们纷纷应和。谭老师激动地对同学们说：“爱需要信任，信任源于爱的碰撞，这是一种来自灵魂深处的默契。师生一起，最重要的就是忠诚与信任。51人的相聚，是上天赐予的缘分，那么就要彼此协作，互相帮助，互相信任，互相体谅，理解宽容，珍惜拥有。”

别忘路上的风景

谭洁是这样一位老师：她从不放弃任何一个可以凝聚班级力量、锻炼学生能力的机会，她希望2班的孩子成为全面发展的人才，而不是只会读书、只有成绩好的“呆子”。

她鼓励同学们去争取机会，去参加所有有意义的活动。杨宗仁、赵文野同学加入国旗班，曲星宇同学组织足球赛，冯宇晨同学当学校主持人，姜彦婷、彭潇颖同学制作微电影，李若尧、郑钦源同学加入管弦乐团，董晋汐、邓滨函、谭源鸿同学参加各类竞赛……

和有些班主任不一样，谭老师不会因为课余活动过多而责备同学。因为她希望同学们在活动中找到全新的自我，找到留在嘉祥高中更多的意义，也发现自己未来发展的更多的可能性。

"2 班的孩子，他们有能力让自己在学习学科知识这条路上稍微慢下来。赶路固然重要，但是不妨碍看看身边的风景。"

谭老师认为，每一次展示，每一次比赛，同学们的全情投入都胜过班主任的千言万语。每次比赛结束，结果快出来前，谭洁都会默默地走开。她说自己压根儿不在乎那些结果。"要做一个有情义、有情怀的人。不要只是求赢，没有永远的不败者。经历、参与，就是最大的收获。"

释放信任的力量

信任的力量是无穷的。第一次班委会上，谭老师就把对班委干部的信任传递给他们，让每一位班委干部都明白自己在老师心中是独一无二的。她赠送每位班委一本工作日记，日记里有她殷切的希望和鼓励。

给班长的赠言是：看到你仿佛看到昔日的我，年轻时的我和你一样有热情，却没有你如此出众的才华。班级能有你这位班长是班级的幸运，希望你不要辜负全班同学对你的信任，别埋没你出色的管理才能，做好班长！更坚信你一定可以带领班级走向辉煌。

给学习委员的赠言是：你是同学们心中的榜样，同学们信任你，他们也把引领大家学习的重担压给了你。现在我也把我的信任投给你，希望你把你的好方法奉献给全班，带领大家勇夺学习桂冠。

每个看完赠言的班委干部都热血沸腾。"一群热血沸腾的孩子去做有希望的事情，就一定可以做得更好。"谭洁充满信心地说。

每一次的班委会，谭老师都推荐大家读关于成才的传记。"一个人能否成功，不在于他有多少有利的条件，而在于他怎样看待自己。"她告诉同学们，成长的路上需要磨炼，需要平衡，需要坚守。

慢慢的，班上人人有事做，事事有人做。同学们各司其职，谭老师运用多元评价机制，把学生都培养成了岗位能手。

在教育行业的激烈竞争中，谭洁老师始终保持自信、豁达的阳光心态，坚守教育价值、遵循育人规律，变“顺应世俗”为“追求幸福”，变“关注分数”为“关注成长”，变“简单控制”为“信任放手”，以火热的情怀陪学生奔向幸福，且歌且行。

阳光心态：教师幸福的密码

幸福是人生追求，幸福是心灵感受。教师的幸福感受从何而来？谭洁老师的幸福来自学生的快乐成长和热烈拥戴。教师何以受学生拥戴？正在于她以向真向善向美的精神、宽容大度的胸怀塑造着自己的阳光心态，使她在面临工作的繁杂和压力时，仍拥有培养学生的美好梦想，超越世俗的育人眼界。教师的心中阳光灿烂，才会不遗余力地为学生营造快乐的栖居环境，淡定从容地拓展学生的发展空间，主动热情地赏识学生的才能；教师的心中阳光灿烂，才会充满希望地迎接每一天，积极快乐地度过每一天，自信满满地收获每一天；教师的心中阳光灿烂，才会情不自禁地向学生的心灵传递温暖，带给学生实实在在的幸福体验。

陪伴篇：铺就成长之基

育儿之途有喜有忧。家长——学生成长的责任人、陪伴者，以从容开放的心态、殷切热烈的期待铺就“快乐生活，和谐发展”的成长之基，增强孩子健步行走之力，在探索育儿之道和理性回归中改善行为，增强实效。

面对复杂的现实，要摆脱急功近利的当下焦虑，告别无序竞争的慌不择路。爱心，倾注于日常的陪伴中；责任，体现在习惯的培养中；精力，投放于品格的塑造中；满足，来自孩子的成长中。

家庭“育儿经”

家长育儿之经，源自育人之道。不跟风、不盲从，把握生命节律，读懂生命密码，根据孩子的年龄特征、个性心理、成长需求施以契合教育价值、符合育人规律、适合孩子特点的教育策略，在陪伴、引导、对话和适度惩戒中打开孩子的心门，帮助孩子按自身的意愿和师长的期待顺利发展、成人成才。

迈过那道“坎”

吴雪冰

成都市郫都区嘉祥外国语学校吴金轩同学的爸爸

扫一扫，听故事

在上小学之前，儿子不敢淋浴洗头。

每当如丝如线的浴水淋在他头上，又顺着额头流下覆盖眼睛，挂在鼻尖并在嘴前形成瀑布时，儿子的第一反应是立即跳开，双手不停地扒拉着眼睑上的残余水滴，并声嘶力竭地咆哮着，然后剧烈地咳嗽……这等反应如山崩、如地裂。

我一遍又一遍地给他讲解、演示怎么慢慢地睁开眼睛，怎么避免呛水。结果，他还是一遍又一遍地在声嘶力竭中咆哮、跳开。这淋浴洗头成了孩子成长路上迈不过的一道坎。

让我没想到的是，这道坎后来却在游戏中轻松地迈过了。那个夏天，妻子带着儿子来到我的项目所在地探亲。附近有一个风景还算优美的湖泊，湖是山地丘陵间筑坝而成，翠竹绿树环绕着曲曲折折的湖岸，波光粼粼的湖水清澈见底，三五个游船在湖面游弋。那天，我们也划着一个小船荡漾在这美景中，不知不觉将船划到了一个极其僻静的湖湾。

“想不想学游泳啊?”看着这清澈凉爽的湖水，我的提议得到了儿子热烈的响应。我们找到一块水深恰好及腰的平缓湖边，儿子一脸兴奋地在我的牵引下一步一步、小心翼翼地步入湖水中。当水面位于孩子胸口的时候，他开始害怕了，像八爪鱼一样死死抱着我。这种对水与生俱来的恐惧我在学游泳的时候也是深有体会的。我想起了自己学游泳无师自通的过程：那个时候，我们几个小孩子在浅水河滩捉虾摸鱼，经常把脸埋进水里睁开眼睛找鱼虾，渐渐的，我们就不那么怕水了，也学会了潜水和“狗刨”。

儿子按照我教的方法，深吸一口气把脸埋进水里，刚开始几秒钟不到，他就害怕地抬起头来。“太黑了！我害怕……”面对儿子的恐惧，我引导着：“一会儿你试试把眼睛睁开一点点呢？虽然说在水里睁开眼睛会有一点点不舒服，但是说不定可以看到小鱼在你面前游呢！”

儿子将信将疑地看着我，我伸手扶着他：“你放心，爸爸就在你旁边，相信我说的绝对没错。”儿子深深吸了口气，然后把脸埋进了湖水里。

一秒，两秒，三秒……二十多秒过去了。

“我看见我的肚皮和脚了，呵呵，还有小鱼在我脚周围转啊转！”儿子抬起头，一脸兴奋地看着我说个不停。水线顺着儿子面庞滑下，在眼睑上留下亮晶晶的水珠，一闪一闪。

“那你接下来可以试试更多的水下活动，把整个身子埋进水里，睁开眼睛多看看水面下不一样的景色。”我找了一处水深合适的地方，“在水下用手划划，脚蹬蹬，这样很快就可以学会潜水的”。我引导着儿子在水中做一些潜泳的基本动作。小孩子学东西是很快的，不久，儿子就掌握了潜泳的基本要领。当然，他也付出了喝下几口湖水的代价，但这点代价并不影响他学游泳的兴趣。

从那天以后，儿子再也不怕淋浴洗头了。相反，他还爱上了水从头上冲下来的感觉：“可以不分冬夏无限耍水啰！”

如果不是那个夏天的湖中戏水，如果不是那天我在一旁陪伴着给他安全感，如果不是那天的言传身教，不知孩子还需要用多长时间才能迈过生活中那道小小的“坎”。

情理之中的意外

孩子不敢淋浴洗头的“老大难”问题，竟然在湖中戏水时轻松地解决了。这看似意外，却在情理之中。每个孩子，在成长过程中都存在一些难以逾越的“坎”。故事中，吴金轩的爸爸陪伴孩子兴味盎然地湖中戏水，不但激发了孩子对游泳的强烈兴趣，让他学会了游泳的技巧，还出乎意料地帮助孩子克服了“不敢淋浴洗头”这道“惧水”的“坎”。这令人欣喜的意外带给人的启迪是：在孩子的培养和教育中，若没找对方法，没找准路径，花再多的时间，费再多的精力，也是费力不讨好。只有因势利导，疏通堵在孩子心中的障碍，才能使问题的解决立竿见影。

与孩子同行

黄 蓉
成都七中嘉祥外国语学校肖逸航同学的妈妈

扫一扫，听故事

“黄蓉，你们家肖逸航这么优秀，成绩这么好，你是怎么教育的？给我们说说经验嘛！”面对朋友的请教，我总是尴尬一笑。在我看来，评判一个孩子优秀与否的标准不仅仅是学习成绩，教育孩子不仅仅在于提高孩子的学习成绩，更重要的是学会与孩子同行。

虽然肖逸航的总体素质还不错，但我并不认为他已经优秀到可以用来树立标杆的程度，我实在是不知道怎么诠释“教育”这两个字，更谈不上经验的传授。实际上，我和孩子的爸爸一直都在努力学做合格的父母。我们悉心听取老一辈的育儿经验，上网搜索科学育儿方法，甚至报名参加父母培训班，但最终也没有形成明确且行之有效的育儿方式。最后，我终于明白，教育无定法，没有千篇一律、一成不变的方式，对不同孩子的教育方法肯定不一样。即使同一个孩子，在不同的成长时期都会出现不同的情况。而我能做的，只有根据孩子的生理、心理发展情况，陪着他一同成长。

学会放手

回想五年前，我怀着紧张、焦虑的心情将孩子送进嘉祥的情形仍历历在目。我紧张的是入学成绩并不算优秀的儿子能否适应新的学习环境，能否在学习的竞争中树立自信；我焦虑的是从未离开过父母的儿子能否照顾好自己，能否与同学、室友和睦相处。

看着身材瘦小的儿子挥着手跟我道别，我的眼泪止不住地流下来。但我知道，孩子是在成长，我必须学着放手。我相信“以生为本、以师为根”的嘉祥能够创设促进孩子全面发展的最佳环境；我相信从小就自信阳光、自立自强的儿子能快速适应学校生活。事实证明了这点：儿子在入学的当晚给我打来电话，第一句话是：“妈，请您赶紧给我买下学期的数学课本，我要提前学习！”听到这些，我备感欣慰。

经过一年的努力，儿子顺利地从普通班进入“实验班”。学习之余，他也不忘加强体育锻炼，身体素质逐渐提高。嘉祥，给儿子的发展提供了新的机遇和平台。

学会尊重

儿子从小就喜欢数学，这或许源自他的父亲——一位小学数学教师潜移默化的影响。他的理想就是当一位数学研究者。我经常笑着跟他说：“做数学研究有什么好，又枯燥又无聊，还挣不了多少钱。”没想到，他反驳道：“我读书不是为了钱，您不要那么势利！”当然，这只不过是我的一个玩笑。

我们很尊重孩子的选择。他喜欢数学，我们就尽可能地为他创造条件。儿子直升高中后，目标进一步明确：北大数学系。但要实现这个目标，谈何容易。首先，孩子必须在这门学科上花更多的时间，其他学科也不能落下。其次，对于普通的工薪阶层来说，各种提升性的培训班的学费也是一笔不小的支出。最后，这个目标的实现还存在很多不确定因素，即使天时、地利、人和，也还有很多潜在的意外。我不止一次地纠结过是不是不应该这么坚持，万一最后功亏一篑，岂不满盘皆输？但看到儿子期待的眼神，想到他对数学的执着和追求，我们选择了尊重。

从高一开始，每逢节假日，他都“南征北战”：武汉国子学、上海新星CMO数学训练营……到高三了，距离高考仅七个月，儿子仍在数学的道路上坚持着、努力着，朝着他的目标迈进。而我们，也将继续支持他、鼓励他，做他艰辛求学路上坚强的后盾。

学会感受

不知哪位名家说过："多蹲下来听孩子说话，你看到的将是一个纯真无邪的世界。"这个"蹲下来"，并不是真的要求家长蹲下身体，而是让家长放低姿态，用心倾听孩子的想法。特别是进入青春期的孩子，他不可能直接述说他的需求和想法，更多的需要父母自己去感受。肖逸航就是这样一个孩子。

有一段时间，我觉得孩子已经长大了，又整天埋头在自己的数学世界中，不需要我过多地关注。于是，我减少了对孩子的陪伴。在周末，我会与三五好友一起喝茶、聊天、逛街、吃饭，回到家也更多的是耍手机、看电视。一段时间后，我发现儿子的心情有了变化。虽然他并没有责怪我，甚至没有说一句不高兴的话，但我明显感觉儿子的笑容少了，话也少了。于是，我拒绝了朋友的邀约和美食的诱惑，把更多的时间和精力留在了家里，哪怕只是陪着爷爷奶奶聊聊天，只是做一顿不算美味的晚餐，只是跟家人一起在楼下小花园散散步，儿子也会显得特别兴奋。我在欣喜孩子对我宽容的同时，也给自己的观察力点了一个赞。我庆幸自己能及时感受到孩子的心情变化和需求，没有造成更大的遗憾。陪伴是最好的教育，良好的陪伴不仅仅是陪同，更是一种心灵的沟通和契合。

学会坚持

每个父母，都有一颗"望子成龙、望女成凤"之心，我也不例外。我希望儿子能朝着理想走好每一步，但面临前行中的不顺，还须学会坚持。

儿子在高一时参加全国高中数学联赛获得了一等奖。那时，我就想着，凭借他不错的数学基础和执着的追求，再努力两年，肯定能够进军数学冬令营。但事与愿违，希望有多大，失望就会有多大。在今年的全国高中数学联赛中，儿子与冬令营失之交臂。听闻成绩的一瞬间，失望、懊恼、后悔等各种情绪涌上心头，但更多的是心疼。心疼孩子无数个日日夜夜的埋头苦练，心疼孩子这么多年的努力都没有换来应得的收获，心疼孩子瘦弱的身体要承受这么大的压力和打击。我甚至不敢直视孩子的眼睛，眼泪在我眼里打转，但我努力没让它流下来。我笑着对他说："没关系，顺其自然，我们还有机会。"我想对孩子表达的是：顺其自然，不是不努力，而是努力后要有承受失败的勇气；虽然错失了这次机会，但是不到最后一刻，我们都不会放弃。

现在，儿子已经全力备战高考，我相信，经历这次挫折，他的心理将会更加成熟，更能正确面对得与失，在以后漫长的人生道路上，也更能承受失败与挫折。

儿子遇上嘉祥，是他人生之幸事。作为父母，我们将心怀感恩，继续努力，不忘初心，与儿同行。

陪伴才是最好的教育

在家庭教育中，家长需吸纳优秀的育儿经验，并整合、内化为适合孩子发展的经验。在这个故事中，肖逸航妈妈总结出了学会放手、学会尊重、学会感受、学会坚持等四条经验：学会放手，让孩子有了自主权，锻炼了能力；学会尊重，让孩子明晰了目标，懂得奋斗；学会感受，让孩子感受到温暖，懂得理解；学会坚持，让孩子在面临困难时，不言放弃。从这个故事中，我们清楚地看到，家长的陪伴对孩子的成长十分重要。与孩子在一起，不是给孩子压力，更不是监督孩子的学习，而是在陪伴中及时了解孩子的思想动态、心理变化，进而为孩子的健康成长提供有益的帮助。

不可忽视的“偶尔”

扫一扫，听故事

陈玉祥
成都市郫都区嘉祥外国语学校陈弘益同学的爸爸

“喂，小陈爸爸，小陈同学这周的英语作业答案全对，我是该表扬他还是该怀疑他呢?”晚上，突然接到孩子班主任的电话，我心里一惊。

周末，孩子在家做英语作业，他称完成听力作业需要用手机。我虽担心孩子利用手机抄班级群里的答案，但终究还是给了他手机，毕竟完成作业重要。再说我守着他，他没有机会抄答案，于是也就放心了。结果，曾经担心的事情还是发生了。

“卢老师，应该怀疑，以他的成绩不可能全部做对。有什么办法可以查清楚呢?”

“这个好办，今天晚上请您到办公室，我们当面让他重做 B 卷，如果他全做对，说明是我们想错了，如果不是全对，那就可能是孩子抄答案了。”显然，卢老师十分尊重客观事实。

晚上，我匆匆赶到卢老师办公室，孩子已经老老实实交代了自己抄答案的事实。原来，孩子是在我把手机给他的时候很快把答案抄了下来。事实清楚，孩子抄答案，骗了家长，骗了老师，还差一点骗了全班同学。这件事虽属“偶一为之”，没有造成严重的影响，但绝对是孩子成长过程中不可忽视的问题。作为家长，我们必须配合老师纠正孩子的错误行为，让他知道自己会为犯错误付出怎样的代价。

“错了没?”我虽然非常气愤，但努力压抑着自己的情绪。“错了!”孩子完全没有平日的叛逆。在我来办公室之前，卢老师就已经给孩子详细讲了骗人对个人成长的害处，诚信对人生的重要意义。听完卢老师教育孩子的录音，我深深感动于卢老师对孩子细致入微的关怀和对人格培养的重视。

“中学在学习上骗人，养成了习惯，工作后就会在工作上骗人，也会在生活中骗人！每一个人都要为自己的错误行为买单……”没等卢老师说完，我急切地说：“在家里，我罚你抄《朱子家训》10遍。”孩子没有反对。“你自己有没有自罚呢?”卢老师启发道。“我抄100个英语单词。”孩子脱口而出，悔意尽现。

经过一周的努力，孩子完成了所有的惩罚项目，英语成绩竟然略有上升，坏事转化成为好事。最重要的是他再也不骗人了。后来，孩子也偶尔谈起那件事，说自己荒唐，根本就用不着抄答案。但他知道，错误的重点是撒谎。在这件事上，卢老师见微知著，及时纠正，我们密切配合，抓住这一教育契机，让孩子懂得了学习来不得半点虚假，生活也不容忍虚假，做错事就要承担后果。

或许，孩子在以后的成长过程中还会遇到很多问题，但我坚信，作为家长，只要在孩子人格养成、习惯培养方面做有心人和有为人，孩子一定会走好人生之路。

家校联手惩戒唤自省

孩子在成长过程中，会偶有闪失和不当行为。当孩子对问题的自我反思意识尚未形成时，家长会毫不含糊地施以惩戒，让孩子懂得做错事是需要付出代价的，以此杜绝习惯性过错。这种“不含糊”具有教育的正当性。而惩戒的效果如何，取决于方式是否“合情合理”，是否“适当适度”。在这个故事中，家长配合老师准确判定孩子的过错事实，促孩子知错和心生悔意，并施以孩子“可接受”的惩戒，达到了预期效果。这得益于“两合”“两适”经验的运用。“两合”“两适”经验的运用，使教师面对孩子千差万别的行为问题时能找准其根源，以既维护自尊又打动心灵的方式唤起孩子的自省，助其走出行为的误区。这，就是惩戒的智慧。

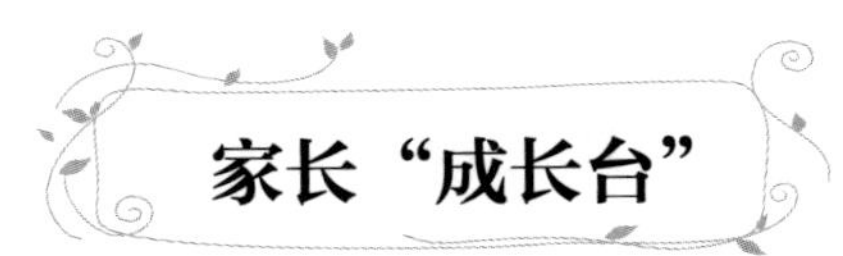

家长“成长台”

望子成龙，是家长们的共同愿望。但在良好的愿望驱动下有时也会产生“恨铁不成钢”的焦虑与过激行为，给孩子造成过重的心理压力。要克服这点，家长须加强自我修炼，懂得教育是“慢的艺术”，以充分的理解、足够的宽容、耐心的等待和悉心的引导，留给孩子足够的自省、自悟和发展力生长的空间。

“树懒爸爸”成长记

黄　亚

成都七中嘉祥外国语学校黄禹铭同学的爸爸

扫一扫，听故事

“凭什么？凭什么我都要听你们的？”在书房，他像一只被激怒的豹子，半仰着头，眼里满是愤怒，两只紧攥的拳头微微颤抖。这简直就是挑衅！我心中的怒火猛地窜了上来，得给他一点教训了……孩子他妈一把抱住我奋力前倾的身体，一边轻声地呵斥他，一边竭力地劝解我，同时将我推出了书房。

我无力地瘫坐在沙发上，满心沮丧，过往一幕幕从眼前闪过。曾经，他是多么令我骄傲的儿子啊！小学五年级转学到嘉祥就读，虽然我们经历了异地租住、往来奔波的艰辛，但更多地感受到了嘉祥以人为本的教育理念，满心欢喜地目睹着儿子的健康发展。我也时常面对同事朋友们“你们儿子在嘉祥啊”“你们的儿子很优秀”的恭维，在表示着谦逊的背后有一点小得意……可是，自从上了高中，他怎么就变得那么不省心了呢？迷上玄幻小说，迷恋“王者荣耀”，还时常要和同学聚一聚，连成绩一落千丈也不以为意。今天回来就一直玩游戏，说他几句还顶嘴……我虽然使出了各种强压措施，但每使用一次，他的“抗体”反而增加一分。

“你呀，必须得改改态度和方式了，孩子大了，得尊重他的思想，也得学会倾听他的意见，脾气缓一缓，不要像鞭炮一样，一点就炸。”孩子他妈劝说道。我哼了一声，心想我还不是为了他好。整个周末，父子冷脸相对。终于，我忍不住约了班主任，一股脑儿地倾吐了满腔苦水。“黄爸爸，黄同学确实成绩有些下滑，但是，我观察到他上进心很强，也没有其他的不良习惯，学习态度的确要差一点，但孩子常会有一些张扬的个性和爱好取向，这也符合高中生的特点。我们以一种更合适的方式去提醒他，以慢一拍的节奏去对待他，以朋友的方式去影响他，可能效果会更好。”班主任老师给我仔细分析。是啊，以前我是施令者，儿子是执行者，现在儿子长大了，有自己的想法了，“刚性成分”增强了，而我还是一成不变地缺乏耐心，坚持强势，能不产生对峙吗？想起电影《疯狂动物城》，我现在不就缺乏树懒“闪电”的耐心吗？对，我要争取做一个“树懒爸爸”！

接下来的日子里，我时刻提醒自己要谨记慢三拍的“树懒精神”。在儿子犯了错、考试成绩不理想时，我会推迟与他交流的时间，压抑住“望子成龙”思想带来的激进情绪；出现问题时先找原因，分析他的思想动态及外界影响，把握与他交流的方式和时机；我与他交流的用语也由“你怎么这样……”“不行，你必须……”变成了“哦，这样啊……”“还可以，可能这样是不是更好一点……”渐渐的，刺猬般倔强的小伙子收起周身的刺，也愿意与我交流了。周末家中少了争吵，逐渐回归了祥和。当然，他仍然有贪玩的时候，我往往是制止他母亲的唠叨，以定时器的方式无言地提醒他该回归学习状态或休息了。

眼见学习状态逐渐回升，他又被选为班长了。一时之间，他无法应对自如，精力容易分散，成绩依然不够理想。“还是不具备应付多方面挑战的能力吧？是不是别让他当班长了？”我满心苦恼。“谁也不是天生就能胜任多方面的工作，黄同学认真负责是好事，只是有些过于追求完美，对班级事务用力过多，我们还是多一点耐心和帮助，相信他会处理好的。”班主任老师的话让我选择相信他。对啊，谁的人生没有第一次呢？我选择暂时容忍他的不佳成绩，提醒他作为班长要善于发动同学的力量，同时要对“完美”的定义再认识，在班务的处理上做出适当的取舍；我与他约法三章，让他按约定使用电子产品；当气氛剑拔弩张时，我会先调整心态，把态度软下来，缓和气氛后再跟他谈心……渐渐的，儿子周末在书房的时间更长了，看电视、玩手机更守时限了，成绩也逐渐提升。我们所期望的那个诚实、善良、勤奋、包容、有担当的孩子又回来了。

我深知，是“树懒精神”影响了我，但要做好一个“树懒爸爸”，还须继续修炼。

慧眼

老师是家庭教育的导师

“家长是孩子的第一任老师。”但此“老师”却不像学校老师一样接受过正规的师范教育。可以说，家长这位“老师”大多是“摸着石头过河”的，其教育水平自然参差不齐。这就迫切需要学校的鼎力相助。在此故事中，面对黄爸爸教子的困惑和苦恼，班主任在剖析高中生心理特点的基础上，进行家庭教育方法方面的引导：要“以一种更适合的方式去提醒他，以慢一拍的节奏去对待他，以朋友的方式去影响他……”面对孩子无法处理好班级事务与学习的关系，困惑的黄爸爸又得到班主任的指点：“认真负责是好事，只是有些过于追求完美，对班级事务用力过多，我们还是多一点耐心和帮助，相信他会处理好的。”正是老师的关键性点拨与指导，化解了家长心中的迷茫。可以说，家长的成长离不开老师这位家庭教育导师。

和孩子一起成长

扫一扫，听故事

何燕玲
都江堰市嘉祥外国语学校刘亚轩同学的妈妈

从牙牙学语到今天，孩子已成长为青春少年。在孩子成长的过程中，作为家长，我有过迷茫，有过焦虑。但细想一下，其实在孩子成长的同时，自己也在成长。

儿子上小学的第一天，老师在家长会上讲了一个《牵一只蜗牛去散步》的故事：上帝给了某人一个任务，叫他牵一只蜗牛去散步。蜗牛走不快，这人就催它、唬它、责备它，蜗牛用抱歉的眼光看着他。他拉它、扯它，甚至想踢它，蜗牛受了伤，流着汗，喘着气往前爬。他松了手，跟在后面生闷气……

听了这个故事，我很庆幸在儿子成长的最初几年，我们给他的是足够的耐心和尊重。那个阶段，儿子是一个阳光、自信、快乐的小“暖男”。

记得他很小的时候，就会焦急而亲切地呼唤路上的小鸟避让汽车，会帮同学擦拭睡梦中流下的口水，会像个男子汉一样抢着帮妈妈分担拎在手里的重物。稍微大一点，他会在父母过生日的时候，悄悄早起帮父母做个爱心早餐。在母亲节的时候，帮妈妈捶捶背，剪剪手指甲。看到孩子阳光自信，懂得爱，我们心里也充满了幸福和满足。

可是，随着儿子年龄的增长，看着周围的孩子马不停蹄地奔走于各种课外辅导班，听着妈妈们谈论各种教育资讯，我也不由得焦躁起来，希望孩子也能学有所长，打着“一切为了孩子好”的旗号，让他加入了补课大军：乒乓球、画画、小提琴、游泳、书法、奥数、英语等。从此，孩子就拖着疲惫的身躯，在选择和放弃的路上艰难前行。上不完的课和做不完的作业，消磨了孩子的意志，击退了孩子的学习热情。

作为家长，我的耐心和尊重也变成了说服、命令，更多的是责备。看着“别人家的孩子”书法过了级，作文、奥数拿了奖，看着“别人家的孩子”进了名校，我变得更加焦虑和急躁。看着儿子慢吞吞的样子，我就火冒三丈；看到他拿着手机，我就声嘶力竭……

渐渐的，我眼中的儿子变得懒惰，不求上进，学习不认真。家里充满了硝烟，儿子也变得沉默、不快乐，而我也没有更有效的方式跟孩子沟通，总认为成绩好就是“王道”。只要他在班级成绩名列前茅，我们的教育就是成功的。

直到今年，儿子有幸进入都江堰市嘉祥外国语学校，进入五（3）班这个温暖、有爱、积极、上进的大家庭，我才对自己的做法有所反思。第一次开完家长会，班主任王超老师的话一直在我的脑海中回响：“弯腰、俯身、抬头，和孩子站在一起，陪伴他、相信他、激励他……”那一刻，我才猛然醒悟。原来，我们的爱是那么的高高在上，我们看似和孩子商量了很多，但那都是在我们已经决定的情况下，诱导孩子往我们设定的路上走，却没有弯腰仔细听听孩子的心声。以爱的名义，让他疲惫不堪，意志消沉。

老师说，在孩子的成长过程中，除了成绩还有生活，还有比分数更重要的成长；除了说教、命令，孩子还需要信任、欣赏和鼓励。我们应该多发现孩子的优点，哪怕是小小的进步。是的，这让我想起了被我遗忘很久的那只蜗牛的故事。在孩子成长的路上，我们父母，要做的是及时对孩子进行纠偏，而不是把自己的意志和喜好强加于他们。

新的班级高手如云，儿子好像不太适应，整体表现平平无奇，成绩也由以前的班级一二名变成现在的二三十名，有时甚至倒数几名。我们内心很着急。有一次我们找到了王超老师，表达了作为家长的忧虑。王老师开导我们要学会等待，学会给孩子时间，学会淡定，无论如何，不能在孩子面前表露出家长的焦虑来，而应该充分地信任和欣赏孩子。后来，每次儿子考试不太理想，我们都静下心来和孩子一起讨论目前的学习、同学交往等情况，分析每次作业的得失，协助他制定后续的学习计划和今后的学习目标。儿子在老师的帮助下，在班级大环境的影响下，每次都很积极地参与讨论，基本上都能找准自身存在的问题，并提出改善的计划。经过一学期的学习，孩子的学习和生活状况有了很大的进步。他说要向班上优秀的同学看齐，取长补短。他也相信通过自己的努力，成绩一定会越来越好。看着他自信的脸庞，我欣喜地发现，那个阳光、自信的儿子又回来了。

西方有句谚语：“地狱之路有时是好的意图铺起来的。”是啊，哪个父母不爱自己的孩子呢？当良好的意愿与令人失望的结果形成巨大反差时，许多家长都会抱怨孩子，说孩子不争气，朽木不可雕也；抱怨老师，说老师不敬业，不负责；抱怨社会，说现在的教育体制有问题；而唯独忽略了家庭这个孩子接触最早，时间也最长的小环境。家长的一言一行都将影响孩子的成长。作为父母，我们须改变自己，和孩子一起成长！

慧眼

在反省中告别育儿误区

当今时代愈来愈重视和强调家庭教育。家校结合育人已成为新时期教育提质的重要路径。然而，家长在教育中的深度介入未成气候，无心无力、有心无力、有力无心的情况较为普遍，影响着家校共育的实效。此外，也不乏“有心有力”的家长，但他们由于对教育价值理解不够，对人的成长规律把握不当，因此也难免陷入育儿误区。在这个故事中，家长反思自己淡忘了曾经充分认同的《牵一只蜗牛去散步》故事中蕴含的哲理，在与别的孩子攀比中放大了“自己的孩子不如人家孩子”的焦虑，走上了“牵着蜗牛去散步”的控制式、驱赶式的家教之路。当事与愿违，不良后果显现，才猛然醒悟强势的控制和干预是对孩子精神的压抑、个性的忽视和自由的剥夺。在孩子老师的指导下，这位家长通过发自内心的反思，准确定位了家庭教育的功能和价值，厘清了家长在教育孩子时应何去何从，调整了教育方式，使孩子的发展回归良好的状态。

功夫下在深处

吴　杰

成都七中嘉祥外国语学校吴圣西同学的爸爸

扫一扫，听故事

高二开学第一天，得知化学老师“典哥”因竞赛任务太忙，无法兼顾班上的教学，家长群就炸锅了。“典哥”教学素有口碑，学生喜欢，家长放心，成绩斐然。在高二这种关键时刻，学校居然要换老师，要换掉大家心目中的“名师”！在群里，家长一时群情激昂，有冲动者欲发起“请愿敢死队”，向学校领导“血谏”；有埋怨其他家长“不配合”者，相互指责几近翻脸……因担忧孩子的学业，向来淡定的我也为之心焦，一筹莫展。

两个小时后，群里的陈老师慢悠悠地冒了出来：“一会儿不见，怎么就这样了？你们就认为新老师一定比‘典哥’差吗？学校领导绝对看得准。我相信新的老师会给大家带来惊喜，请家长们放心！”顿时，群里天气突变，暴雨骤停，阳光普照，和煦如初。陈老师又加了一句：“孩子们都欢喜地接受了这件事！”大家心中石头落地，一片欢腾。

周末孩子回家时，我假装不经意地问了句：“化学张老师年纪多大了？”没想到不喜言谈的他一下打开了话题，他对比了张老师与“典哥”的教学特点，各自的优势，描述了张老师的语言风格，讲述了他在课堂上的气场如何强大……我愉快地听着他唠叨，心里念叨着：“这个张老师，这个陈老师！”

高一下期，孩子在数学上的投入有些少，连续几次考试成绩均有下滑。我坐不住了，半期考试后，我径直找到教数学的赵老师，开门见山地说：“赵老师，圣西数学底子还不错，最近一段时间抓其他科去了，对数学投入不够，成绩不理想。请您将他的精力拉到数学上，多占用些他的时间，比如多布置些课外习题让他练习。”赵老师微笑着听我讲完，淡淡地点头道：“我完全清楚您的想法，孩子会多花些工夫在对错题的分析总结上，他是很不错的，您放心。”

之后的几个星期，孩子周末回来，我都会旁敲侧击地询问有关数学的情况，比如赵老师有没有找你啊，有没有额外的练习题啊。但基本上，我都是失望地得到“没有”的回答。渐渐的，我就不再问了，心想赵老师面对那么多学生，未必有精力来针对每一个学生下功夫。

又过了几周，孩子回家很兴奋地说：“有个问题我的分析是对的，赵老师思考几天后终于给了答复，之前公布的答案错了。看来，我‘霸主有望’啊!”孩子的得意与自信溢于言表。我大大松了一口气，看来赵老师下的可不是表面功夫，自信和兴趣对孩子来说，比刷100道题管用多了。

嘉祥的老师大抵都有这些特点：自信而淡定，胸有成竹；不做表面文章，而是把功夫下在实处。又如英语，有次孩子回来讲“感觉最近马老师在观察我”，我知道那多半是因为最近孩子的测试成绩不理想。马老师行动了，问题一定会得到解决。生物何老师，连续几次课都抽他回答问题，让他感觉倍受重视，生物学得津津有味。再如语文，孩子被秦老师“抓”进提高班，受益匪浅。我感觉嘉祥的老师们真的是做到了春风化雨，“不择贵贱高下而加焉”。

在孩子就读嘉祥的几年间，通过孩子的反馈以及与老师们的接触，我对嘉祥的教师团队有了深刻的认识。他们既有“无大无小，从公于迈”的集体意识，又有“伯也执殳，为王前驱”的创新拼搏精神；既关爱每一个孩子，又因材施教，对不同的情况采取有针对性的措施。老师功夫下在深处，学生学在嘉祥，何其幸也!

与老师们接触多了，我感觉自己也修了一门“教育学”，并不知不觉有了“嘉祥之师”的味道。当孩子偶尔回来“吐槽”说“伙食不够好”，当孩子妈抱怨“‘家校通’真糟糕”，我会淡然地对他们讲：“这就是现实。当你多年以后谈起这些，却是美好的回忆!”大家呵呵一笑，怨气全无。

育儿增智得益于老师的“言传身教”

对孩子而言，信心远比成绩重要。家长在面对孩子不理想的成绩时，关注的往往是如何让孩子加班加点提高成绩，而容易忽视孩子内心的需求、发展的基点。而嘉祥的老师面对急躁而“无知”的家长时，却通过“言传”引领，耐心分析、细心点拨，让家长树立起正确的教育观，掌握正确的教育方法。同时，老师还以“身教”示范，及时地抓住课堂的每一个发展契机，给孩子以激励、鼓励，让孩子明晰前进的方向，重振学习的信心，扬起前进的风帆，去战胜一个又一个困难。家长的育儿智慧增长，正得益于老师的“言传身教”。

嘉祥“历险”记

扫一扫，听故事

何晓英
成都七中嘉祥外国语学校何昀南同学的妈妈

时间煮雨，我的女儿已经在嘉祥度过了满满的三个春秋。三载光阴不长，但于我们来说却是长达一千多个日日夜夜的“历险”。

刚进嘉祥的几周，我一有机会就到学校附近转悠，发现几个大门均有安保人员严格把守。我曾试图用接送孩子的识别卡溜进校园逛逛，却被“无情”拒绝。暴力袭击校园的报道屡见不鲜，嘉祥从源头出发，防患于未然的安保措施让我心安了很多。但是，对吃穿住等生活细节的担忧时时向我袭来。我抓住每周五可以进校的机会深入“侦查”：小女的宿舍很整洁，床上用品折叠得棱角分明，生活所需摆放得整齐有序，眼前的清爽难以和家里那位邋邋遢遢、不拘小节的女儿联系在一起。女儿周末回家，话匣子打开就一发不可收拾，母女俩时常嘀咕到深夜。从小女的叽叽喳喳中，我慢慢了解了更多：在宿舍里小姑娘们会互相串门，谈明星偶像、唱喜欢的歌、讲好笑的段子……大家相处得融洽和睦，高强度学习的紧张经常在嘻嘻哈哈中得到释放。熄灯后，心细的生辅老师时常穿着软底鞋轻盈地巡视孩子们入睡的情况。每一位生辅老师都体贴和蔼，天气变化了提醒孩子们及时增减衣物，给肚子痛的孩子兑红糖水，送生病的孩子到医务室，和情绪低落有心事的孩子促膝交谈……当起床铃声响起，生龙活虎、精力充沛的孩子们便闹腾开来，梳妆一番后成群来到食堂。作为“吃货”的小女很喜欢嘉祥的食堂，她说食堂里的早中晚餐菜品丰富，菜肴美味可口。难怪孩子们个头一个赛过一个，小女的身高也赛过妈妈，急着赶超爸爸。

看来，对女儿在学校吃喝拉撒睡的担心是多余的，我们长长地舒了一口气，同时深深体会到孩子的可塑性真的很强，父母一手包办只能将孩子养成“巨婴”，孩子总要远行，应该宜早不宜迟地放手让孩子学会生活自理。于是，周末在家里，洗碗、打扫卫生、整理房间等家务也让女儿学着做，我时常调侃“要舍得用孩子”，并号称自己是个“懒妈妈”，要培养勤快女儿。因孩子寄宿，周末时间难得，我们常利用这宝贵的时间与女儿进行深度交流，并结合老师的微信、QQ 信息等进行有目的的引导。我们和女儿的沟通一直很顺畅，虽然没有天天陪伴，但她仍像小时候一样黏着我们。

有一次，我在校园里和一位宝妈聊天，她告诉我“嘉祥是男生的天地，女孩子很受虐的”，每个班就那么几个女孩子零零落落地点缀着。见过太多有心理疾患孩子的我，内心的弦又绷紧了：在“学霸”较多、压力太大的环境中，孩子会不会出现心理问题？于是，我加班级群、年级群，加老师的微信、QQ……我密切关注，不漏过群里的一点点风吹草动，譬如作业安排、家长须知、考前提醒、成绩通报等，总想尽可能多地了解情况。有机会和孩子交流时，我总会旁敲侧击地了解有关学习的细节。孩子告诉我，嘉祥的老师教学方法独特，寓教于乐，感觉学习累但不压抑。我们也见证了一些感人至深的事：班主任祝瑞霞老师近临产才放下工作，产后才两个月就返回讲台。为了学生，她亏待了尚未完全恢复的身体，亏欠了嗷嗷待哺的儿子。英语肖央芳老师答应去幼儿园接儿子，却因为班里的事食言了，虽然知道翘首盼望的儿子会多么失望，但为了学生只有委屈儿子了。数学范小林老师劳累到晕倒住院，症状未完全消除又重返岗位……正是有这些有才、有爱、尽职尽责的老师，才有孩子的成长。

时间如白驹过隙，女儿在嘉祥初中顺利地毕业了。回首过去的三年，我们虽然“步步惊心”，但欣喜见证了小女从一个“高冷的小丫头”出落成活泼大方、优雅恬静、有思想有主见、目标明确、身心健康的大姑娘，三次登上“校长推荐日”的讲台，被评为“锦江区三好学生”“成都市优秀学生干部”，获得“西萍奖学金”……而我们也成长为不畏险阻、从容淡定的父母，同女儿一起再次选择了嘉祥的高中。

走出过度教育的陷阱

在孩子成长的历程中，不同的家长表现出不同的态度：有过度关注的，也有不管不问的；有提心吊胆的，也有顺其自然的……不同的态度、不同的方式，带给孩子的影响也是不同的。在教育孩子的过程中，过度的教育对孩子而言，其实是一种伤害。过度关注，带给孩子的是压力；过度施压，带给孩子的是痛苦；过度期待，带来的是欲速则不达。何昀南的妈妈的担忧，可以说是代表了绝大多数母亲的心态，总是担心孩子在校园是否安全、生活能否适应，担心孩子与同伴的关系，担心老师的水平，总是不放心孩子的学习，呈现出一种过度的焦虑。但她通过多方了解、细心观察、亲身感受等，化解了心中的担忧，变得释然，进而促进了孩子和自己的共同成长。

难忘“师恩情”

孩子成长中的每一点变化和进步，家长看在眼，喜在心，由此而充满对教师的感激之情。这种感激，不仅仅是来自孩子考试分数和学业成绩的提升，还来自孩子品性、人格、习惯养成等方面的良性变化。只有充分理解教育的价值，家长才能变急功近利为理性施教，才能充分尊重教师的付出，充分认可育人的成效。理解与尊重，是对教师辛勤付出的最佳回报，将进一步增强教师教书育人的自信和价值体验。

最好的时光遇见最好的您

扫一扫，听故事

黎方方

都江堰市嘉祥外国语学校蒋鑫琳同学的妈妈

“每当我找不到存在的意义，每当我迷失在黑夜里，夜空中最亮的星，请照亮我前行……夜空中最亮的星……”又到了每周日返校的时间，女儿在书房一边整理书包，一边高唱她最爱的班歌。其实，不仅女儿喜欢这首歌，连我这个70后妈妈也喜欢跟着浅吟低唱这充满青春梦想的班歌。

女儿性格娴静、单纯，尽管个头已超过了妈妈，有时还是让人觉得“萌萌哒”，让人忍不住想搂在怀里，亲上一口。很偶然的，她来到了都江堰市嘉祥外国语学校，在最好的时光遇到了最好的老师。

您是我最放心的老师

“妈妈，我分到了五（4）班，班主任是蔡雨佳!”女儿从学校的分班告示处奔向我。“蔡雨佳”，听到这个名字，我心头一紧，这么美的名字，老师肯定年轻。果然，在教室里迎接我们的是一位颜值爆表、笑容甜美的老师。女儿以前在公立小学的班主任是中年骨干教师，教学经验丰富，女儿语文成绩一直不错，现在把女儿交给这么年轻的老师，我内心忐忑，不能平静。尽管后来两周的相处中蔡老师都充满激情，可是她的努力真的没有入我的“法眼”。对这位年轻老师，我一百个不信任，于是矛盾不可避免地出现了。

女儿的学习我一直抓得很紧，每天的作业检查都要亲力亲为。开学后两周，我发现女儿《语文直通车》的作业批改的痕迹很幼稚，一问才知道是学生交叉改作业，老师再统一评讲。我再一看女儿语文学习的内容和进度与隔壁三班不一样。天啊，我内心瞬间就炸了，积蓄在心头的疑虑与不满再也无法压抑：不行，我必须找这位年轻老师谈谈。尽管已是夜里十一点，我还是不管不顾给蔡老师发了长长的微信，把我的疑虑、不满甚至是对老师教学内容的质疑表达得淋漓尽致。微信一发出，我就后悔了，这么激烈的言辞，把蔡老师惹恼了会不会怪罪孩子呀！

不到五分钟，我的电话铃响了，蔡老师这么晚居然还能给我回电话？是不是来兴师问罪了？电话接通，那头依然是蔡老师轻盈的声音："鑫琳妈妈，打扰你休息，我想和你沟通孩子语文学习的事。我们班的语文当堂练习确实采取孩子交叉批改，老师统一抽查的形式，这种形式与以前公立学校老师批改确实不同，但我们是为了锻炼孩子自主学习的能力。孩子们在批改同学作业的过程中加强了记忆、巩固了知识，老师统一评讲时又给孩子反复强化，这样孩子印象更深刻。您表达了老师不改作业不能掌握孩子学习情况的顾虑，这您放心，孩子的作业以及交叉批改的情况我们都会逐一检查。至于您质疑的教学内容，也请放心，我们嘉祥都是团队研讨和集体备课，在统一教学内容和进度的情况下根据班情调整教学……"蔡老师对我提及的问题不厌其烦地一一解答，不知不觉，我们通过电话聊了一个小时，她让我观察一段时间再交流。尽管如此，我还是将信将疑。但后来，孩子的学习效果让我不再戴着有色眼镜看年轻教师。

短短半学期，我发现鑫琳语文成绩进步明显，拓展知识积累增多，特别是阅读题方面，对蔡老师传授的"武林绝技——按点有条理答题"更是运用自如。一年下来，鑫琳的语文成绩稳定在班级前列，还得了创新作文一等奖、两次书法比赛三等奖和假期作业评比三等奖。我发现年轻的蔡老师不仅教学棒棒的，更善于挖掘孩子的闪光点。鑫琳的娴静温婉与我急躁强势的脾气大相径庭。我总认为对孩子严格要求才是对孩子负责，所以批评多、鼓励少，非常看重孩子每次考试的排名。蔡老师看在眼里，每次与我说得更多的却是鑫琳在班里助人为乐、为班级建设积极献策、她的强烈的集体荣誉感等，并劝我不要给孩子太大压力，要相信孩子，在注重成绩的同时更要关注孩子的心理健康。

蔡老师让鑫琳担任语文科代表，并鼓励孩子竞选上了学习委员。以前害羞内敛的鑫琳变得阳光开朗、积极向上。更让我刮目相看的是，她自己报名竞选了卫生部的干事，居然还跑到声乐团老师办公室，自告奋勇地要求加入民乐团。尽管因为唱歌走调落选，我还是为她的勇气竖起了大拇指。看着孩子的变化，想着蔡老师给我的建议，我调整了心态，对鑫琳的学习慢慢放手，放大她的优点，给予她更多信任和鼓励。现在孩子明显愿意与我交流更多的东西。

有您，孩子学数学就不难

女儿在学习上态度认真，习惯较好，但数学思维欠佳，没有太多自信，对做奥数题更是惧怕。女儿的数学老师刘红敏经验丰富，责任心极强，不放过每一个知识点和小细节。每一次周考，孩子们的情况她都认真记录在自己的小本本上，哪些孩子的计算需要加强、哪些孩子的知识点还没有过关、哪些孩子审题还有问题，她都了如指掌。每次考试完毕她都会分析每个孩子的情况，对于进步的孩子她会在班级及时表扬鼓励，对退步的孩子找出问题及时纠正。她经常从不同的角度给孩子讲解同一个知识点，让孩子把知识吃透，还教给孩子解题的一些小技巧。为了提高孩子的空间思维能力，刘老师把长方体、正方体用 PPT 以三维立体图形的形式进行展示，让孩子一目了然，迅速掌握。三尺讲台上洒满了刘老师辛勤的汗水。

鑫琳毕竟是孩子，总会犯错。一次晚自习，她趁正在辅导的刘老师不注意，悄悄地跟同学传字条，被发现了。班主任蔡老师对女儿说："刘老师教两个班，90 个学生，那么大年纪，站了一天，还坚持在晚自习时间给你们辅导，你们在下面传字条对得起刘老师吗?"鑫琳和另一个孩子知道刘老师的辛苦，闻言，流下了愧疚的泪水。从那以后，鑫琳学习自觉很多，从最怕数学到慢慢有了自信，做题速度提高很快，B 卷题也基本保持在 15 分以上，考试成绩经常会给我们惊喜。

您的决定是对的

鑫琳一直很喜欢英语，对这一种也比较有自信。任教英语的李丹老师也很喜欢鑫琳，经常在课堂上鼓励鑫琳。这学期，学校组织英语习思考试，报名时，我纠结了。鑫琳上学期通过了习思二级，按照惯例，我们应该接着考三级。考虑到她的情况，我有点想给孩子跳着报四级，可是万一升不上，会不会对孩子造成打击呢？我在第一时间联系了李丹老师，征求她的意见。李丹老师告诉我，从考试的把握性来说，鑫琳应该报三级，可是孩子英语基础较好，词汇量比较丰富，可以尝试报四级。如果孩子过了关，对孩子学习英语是一次莫大的鼓励；如果不过，她也会及时找孩子沟通，引导孩子正确对待。同时李老师建议我给孩子找一些资料学习。听了李老师的建议，我给孩子报了四级。成绩出来了，鑫琳不仅通过了四级，而且取得了 90 分的好成绩。李老师在班上表扬了她，孩子学习英语的兴趣更浓了。

回顾孩子的学习生活，这样的故事数不胜数。对孩子的进步，我看在眼里，喜在心头。我深知，进步的背后是老师们的辛勤付出。

老师尽心，家长放心

每一位家长都希望自己的孩子遇见最好的老师。但因家长对教育的理解不同、对孩子的要求不同、交流的方式不同，所以与老师的沟通效果也不尽相同。于是，家校之间常常生出矛盾，甚至冲突。这类情况如何避免？在这个故事中，蔡老师因年轻、教学资历浅以及个性化的作业批改方式令家长不放心、不满意。而老师却充分理解家长，选择正确的交流方式与家长沟通，并以良好的教学效果，尤其是对孩子全面素质发展的重视，获得了家长的理解和赞赏。家长讲述中的数学老师、英语老师，以过硬的专业功底、教学能力和认真负责的工作态度，以及对孩子自我超越的鼓励与帮助，促进了孩子的学业发展，令家长满意放心。

教师工作是泥土之功，来不得半点懈怠，其中最重要的是尽心。尽心，并不是为了应对家长的强烈关注，更不是看家长脸色做不符合教育规律的事，而是基于价值坚守、职业道德，以科学理性、生命情怀来履行职业之本分，以学生的良性发展让家长真正放心。

“魔力”密码

黄晓华
成都市郫都区嘉祥外国语学校徐一枫同学的妈妈

扫一扫，听故事

批改同学的作业——在欣赏中改进自我

我的儿子是个“左撇子”。他从小握笔姿势就不正确，写起字来很累，这成了他长期以来不好好写字的“理由”。初中了，学业加重，那一手字更是形如蚯蚓，英文字母也是该出头的不出头，该分开的偏挨紧。看来这已不是“左撇子”的问题，俨然已是学习态度问题了。

怎么办？我开始在儿子耳边念叨“字如其人”，指出他的字“猥琐、小气”，要他将字写清楚、写周正……说过了，也要求过了，但写出来的字仍然如同春蚓秋蛇。

初一秋季的一个周末，我在检查他英语作业的时候，突然眼前一亮：本子上的字母工整了，“d”字出头了，字母之间挨紧了，单词间的间距明显了。开窍了？是什么“魔力”使他的字破天荒地“整容变脸”？

惊异中的我笑道：“今天的字像一个个学风严谨的好少年。”儿子接口说：“卢老师这几天让我们写字最不好看的三个同学去批改班上同学的作业，我以前觉得我那字没什么，反正以后都是电脑打字，手写少。这几天批改别人作业的时候，看着字写得丑的和写得好的真的不一样，有些本子上的字让你心情烦躁，有些本子令人赏心悦目，我现在要下点功夫好好写字了！”

有特色的“惩罚”——英语趣配音

初春的一个周五晚上，接儿子回家的路上，儿子对我说：“妈妈，这周我有一个特别的作业，就是要完成3段英语趣配音，然后发到班级家长群。”我心里打鼓：对于英语学科基础薄弱、口语严重不自信的儿子，这可是一项艰难的任务呀，我应该怎样鼓励他呢？紧接着，他又说：“我们班就我有这个作业，因为我这周有违规，这是对我的惩罚，但我觉得这也是对我的奖励，因为可以提高我的英语能力。”乖乖，又是什么“魔力”，不仅让儿子欣然接受被罚，还让他有一种因祸得福的感觉？我连声对他的看法表示高度赞同，但心里暗自疑惑，提醒自己静观其变，等他配音受到挫折或在公布到家长群前退缩的时候我再出手。

周六晚上，儿子把自己关在房间里，开始了英语趣配音。一刻钟后，他出来，先将配音放给我们听，这是一段关于梅西的介绍，儿子选择了他最感兴趣的内容。虽然配音稍显生硬，但是吐词清楚、富有感情，我和他爸爸给了他极高的评价，我马上转发到了家长群。

儿子信心满满地又关上了房门。大概一刻钟过去，这次带出来的是《血战钢锯岭》的预告片段，明显比刚才流畅了。我表现出了欣喜之情，又给他看了刚才家长群里叔叔阿姨们对他《梅西》配音的赞赏，儿子的脸上神采飞扬。

他再一次关上了房门，约20分钟后出来。这次是《超然励志——坚持荣光》，我无法表述我们听到配音时的感动和叹服，这是我们那个对口语不自信的儿子的配音吗？里面的声音坚定、自信。

“Hold the light.”

“Because discipline equals freedom.”

铿锵有力！

我再一次感受到令人振奋的“魔力”。

当我和老师针对这件事进行交流时，她说：“这是我们班的特色‘惩罚’。惩罚如果只是简单的严厉批评或罚抄写也许会有震慑作用，但我希望‘惩罚’能让孩子收获更多。”

特殊的作业——劳动节打工

劳动节前的一个下午，儿子满脸困惑地对我说："妈妈，我不知道人生有什么意义。就算我一帆风顺地从名牌大学毕业，找到理想的工作，找到贤惠的妻子，有了成功的事业和幸福的家庭，这样一辈子下来，那又怎么样？"我心里暗嗔：这不是人人期待的理想生活吗？幸福、平安……

"但是我自己的时间没有了，我就是一个和大家一样的人。"

"那你的时间想用在哪里呢？"

"我想去周游世界，用文字和摄影把看到的美好展示给全世界的人。"

"这样啊……这是非常有社会责任感的一种人生！这样的人生是充实而有意义的！但可能需要良好的英语能力，才能与人更好地沟通；可能需要独特的视角，你表达的内容才容易引人关注；可能需要优美的文笔和高超的摄影技巧，你的作品才会引人入胜；可能还需要一些钱，才能支撑你的旅行费用和摄像器材等工具的花费……"

我从他脸上读出了似有所悟，还有一些不甘……

不久，我接到了老师的电话，说劳动节给儿子安排了一个特别的作业——打工一天。

劳动节那天，儿子和班上另一位同学来到一家加工包装袋的小型工厂。他俩的工作任务是手工剪断流水线缝合出来的袋子间的连接处，并一个个整理、码放整齐；任务完成后按袋子个数计件获得工资。我听到车间里缝纫机的嘈杂声，看到两个孩子蹲在地下整理袋子的忙碌身影，想着那周游世界的梦想……眼高了，找找手应放的地方。我隐隐有些担心。

下午，老师也来到了厂里。劳动结束，孩子们从工厂的叔叔手中接过劳动报酬，每人 26 元。儿子和同学略带羞涩地笑，一副满足的样子。儿子向我们发表感言："我们以后还要用知识和脑力来挣钱！"

老师和我们都笑了。我从老师眼中看出欣慰和赞许，恍然悟到老师的良苦用心。原来，这是让孩子通过劳动体验，懂得脚踏实地付出才有回报，从而为远大理想的实现做好准备。

我终于破解了使孩子迅速改变和成长的"魔力"密码：老师在最恰当的时候以最佳的方式实施了对生命潜能的唤醒。

教育的艺术贵在无痕

艺术的功能，在于对人心性和情感的潜移默化。教育的艺术也在于此。摒弃说教，施行诱导，无声无痕育养生命，能使教育产生魔力般的功效。这是这个故事带给我们的启迪。无论是令家长百般困惑的孩子书写的问题，还是孩子对英语口语不自信的问题，抑或是家长担心孩子对未来好高骛远的问题，在老师那里，解决起来都易如反掌。为何家长感到无策的问题，老师能举重若轻地解决？这正在于教师对孩子成长规律的把握，在于教师能真正走进孩子内心，创造孩子乐于接受的自我教育、自我历练的机会。无痕教育，考验的是教育者的智慧和对生命守望的耐心。当教育者在急匆匆地赶着、逼着孩子奔向预设目标时，步子应当放慢一点、走稳一点，让生命在人生旅途中有足够的条件生成前行能量，有充分的兴致享受沿途风光，有强烈的自信追寻美好梦想。

嫣然一笑

扫一扫，听故事

关 红

都江堰市嘉祥外国语学校余关嫣然同学的妈妈

“妈妈，我想回家，我想回原来的学校！”

这是女儿嫣然转学到都江堰市嘉祥外国语学校几天后给我的第一次电话。电话那头她怯怯的声音，完全没有当初来到学校时的踌躇满志。我知道，她一定是知道了自己入学后第一次数学测试的成绩——28分，这个成绩一定让她很难过：一个曾经在班里还算优秀的女孩儿怎能接受这一落差?！挂掉电话，我立刻拨通了老师的电话，朱浩老师清朗的声音让我至今记忆犹新：“别担心，孩子刚转来，还需要慢慢适应，你要对孩子有信心，要对我们有信心。我们和孩子一起努力，最多半学期，孩子就会有明显进步，你不要心急，慢慢会好起来的。”

史上最漫长的一周终于过去了，孩子回家后我迫不及待地问长问短。嫣然不太愿意多说关于学习的话题，倒是很兴奋地告诉我学校的饭菜太好吃了，睡得也早，早上很早就自然醒了，根本不想赖床。我想着，也不错，虽然成绩暂时不理想，但是学校对时间的管理确实很科学，孩子营养均衡，休息好了，身体和大脑发育自然就好，学习起来就会轻松了。我焦躁的心慢慢平静下来。

嫣然在“都江堰嘉祥”的学习时光一天天过去了，我慢慢地发现她有变化了：在老师每天发布的照片、视频里她的笑脸越来越多，和同学间的互动也多起来。周末回家，话题日渐丰富：妈妈，我喜欢达老师，她好漂亮哦；妈妈，朱老师上课好幽默哦；妈妈，我当图书管理员了；妈妈，我们考试了，我又进步了呢！她嘴里常常在说他们学校很牛、老师很牛、同学很牛，学校安排的活动多，课堂上教学内容很难，作业很多，老师要求很严格，每周的考试、测试都要“脱一层皮”。但是问她要不要回原来的学校时，她坚定地说“不”。她说她要战胜自己，要考上嘉祥的初中，那种嘉祥带给她的自豪感溢于言表。此后，她时刻以身为嘉祥学子为荣，也时刻以“嘉祥标准”要求自己，在家无论多累都要先做完作业。

有一天晚上，数学题比较难，她完成的情况很不理想，错得较多。她爸爸陪着她一起攻克难题，心疼孩子的我几次让她休息，第二天再做，可她坚决不答应，嘴里一边念着“我就不信我做不起”，一边不停地写，最后做到12点过才休息。虽然她这样的方式不值得提倡，但我至少看到她对学习认真的态度，看到了她渴望进步的决心。数学是她的弱项，她虽然有点畏难情绪，但也在努力克服，咬牙坚持。

记得有一次考试过后，朱老师在电话里跟我说嫣然的努力让他很心疼，虽然分数很低，但是每一题都是认真去做了的，卷子写得满满的。听到这些，我既欣慰又不忍。于是我和她商量，与班上数学成绩好的岑文灏同学结成互学对子，她用自己英语的优势去帮助岑同学掌握自然拼读法，岑同学则每天给她讲一个题型的两道题。这种互帮互学模式很好地激发了她的成就感和学习欲望。渐渐的，我收到老师的反馈：孩子上课状态好起来了，成绩进步了，比以前更自信了，特别是语文学科。嫣然的语文基础相对较好，又遇到一位她很喜欢的教语文的达老师，所以她对达老师几乎是言听计从了。达老师教给的方法她会牢牢记住，提的要求她会严格遵守。嫣然常常说达老师虽然很严格，但自己还是好喜欢她。好多时候，我见她吃力地背诵都有点心疼，但她那么认真，用最“笨”的办法克服自己的背诵短板。说真的，她熬夜背书的次数真的蛮多，不过她并不觉得多苦，或许真的是心中的直升梦一直在激励着她。

付出终见回报，经过老师们近一学期的系统训练，对于嫣然的努力，成绩给出了最好的回应：从进校时数学 28 分、语文不及格，一步一步攀登，到目前数学 90 分左右，语文成绩也能保持在班级平均水平。虽然在很多人眼里，这个分数仍然不理想，距离她的直升梦还很遥远，但我看到了一个小女孩儿不服输、努力进取的精神，一点点靠近目标，为梦想而坚持的决心。

前路还很长，梦想待实现，嫣然一定会继续披荆斩棘，步步向前。我期待她在每一个成长的节点嫣然一笑！

环境氛围催生发展力

育人的生态环境深刻地影响甚至改变着孩子。在这个故事中，家长真实地感受到学校浓浓的学习氛围，良好的学习条件，热情的同学伙伴，充满爱心的教师群体。家校共同营造的有利于孩子发展的生态空间，有效地排解了孩子的焦虑，增强了孩子的自信，且家长能够配合学校、老师教育孩子。在浓浓的文化氛围里，孩子的自信得以维护，孩子的动力得到催生，孩子的潜能得以开掘；在其乐融融的氛围中，孩子习惯良好、充满希望，以进取的意愿和百折不挠的勇气，迎来成长路上一道又一道美丽的风景线。

成长的“相遇”

陈黄霞

成都七中嘉祥外国语学校杨旻宇同学的妈妈

时光飞逝，岁月如歌。我的孩子从一个懵懂无知的孩童成长为一位青春少年。

“学贵得师，亦贵得友。”四年前，孩子独自一人来到这座陌生的城市求学，对周围的一切都是那么陌生。随之而来，诸多问题摆在我们的面前：生活上的不适应、学习成绩的下降使原本活泼开朗的他变得沉默寡言。每次考完试，孩子鼓足了勇气才敢去看分数；每次写的作文连同桌看了都能感觉到他内心的忧郁……看到孩子如此大的压力，做父母的我们真担心孩子有一天来一句“我不喜欢这个学校，我要回原来的学校读书”。

那段时间，我们也在思考送孩子去嘉祥读书是不是一个错误的决定。我在深深的自责中度过了两个月。而正是在这最艰难的时刻，孩子遇到了自己的良师益友——李老师。李老师用她智慧的双眼发现了孩子的胆小、紧张和小升初带来的学习压力，多次把孩子叫到办公室进行疏导、抚慰和鼓励。在李老师母亲般的关心帮助下，孩子很快学会了自我调节，并成功摆脱了过渡期的种种不适，上课专心听讲，课后认真完成老师布置的作业……通过自身的不懈努力与李老师的耐心帮助，孩子终于顺利地完成了小升初的直升。

渐渐的，孩子适应了嘉祥的学习模式，学习成绩稳中有升。然而，就在我大松一口气的时候，孩子又进入了“青春期”。在这个特定的“叛逆期”，孩子最讨厌我的唠叨，总爱与我争吵……记得有一次，孩子与我吵完后就跑到图书馆做作业，而我则在家生闷气。后来，我在和孩子平心静气的交谈中才了解到：虽然图书馆很吵，但他不想听我唠叨，也不想和我吵架，只好自己躲到图书馆做作业。通过这件事，我发现孩子长大了，有强烈的自主意识了。

作为父母，对孩子的分数也是很在意的。“只知道关注甚至强烈关注成绩的家长，已经开始失败了……家长成长的程度决定跟孩子交流通畅的程度，通畅程度决定亲情程度。”看完刘建军老师在“家校通”上的留言，我进行了深刻的反思：我们明明有许多种方式表达对孩子学习的重视和关心，一味地在分数、名次上纠结确实差劲，应该在平时的点点滴滴中让孩子养成良好的、受益终身的学习习惯。

众所周知，许多孩子进入嘉祥学校，在享受到优质教育资源的同时，也会感受到来自身边的竞争压力。而这种竞争压力也容易使孩子原本轻松快乐的童年变味。面对这种情况，我们也曾担心紧张的学习是否会令孩子感到不适应；也曾担心孩子第一次离开父母过寄宿制的学习生活，与同学是否能和睦相处；也曾担心汇聚在这里的那些聪明优秀的同伴，是否会让跻身其中的孩子失去自信……慢慢的，孩子在校的表现越来越好，而我们的担心也随之烟消云散。教师节那天，李老师发来一张孩子抱着吉他和同学一起弹唱《成都》的照片，我看着照片上自信、阳光、开朗的孩子，由衷地感到高兴。

慧眼

相助总在关键时

每个孩子在成长的过程中，总会遇到不少“贵人”。从这个故事中，我们看到杨旻宇同学在成长的历程中遇到了李老师这样的“贵人”。李老师用智慧的双眼发现孩子的胆小、紧张后进行及时的疏导、抚慰和鼓励，让孩子摆脱了初入校的不适应。而后，面对青春期的“叛逆”，刘老师的话启迪了家长，使家长转变了观念，改变了教育的态度与方式，并让孩子养成了良好的学习、生活习惯。在孩子成长的每个节点上，教师总是适时出手，正所谓“相助总在关键时”。

成长篇：迈向奋进之路

成长之行充满希望。学生——教育服务的众客体、受益者，以自立自强的勇毅、锲而不舍的坚持行走在“追寻梦想，创造未来”的奋进之路上，自我磨炼抗挫克难之功，在自省自悟和困境突围中释放潜能，拔节成长。

行于成长之路，跨越阻碍前行的沟沟坎坎，奔向人生旅途的诗意远方。力量，生成于老师的激励中；勇气，来自同伴的影响中；品格，提升于丰富的体验中；梦想，放飞于教育的天空中。

浓浓“校园情”

校园，充满温暖心灵的阳光，滋润生命的雨露，是学生快乐、幸福栖居的生活乐园与精神家园。在这里，学生感受到浓浓的校园情：师生情——心与心的对话、情与情的交融，照亮生命前行的里程；同学情——同伴的激励，增强了彼此前行的勇气和不断进取的信心。

秋意缱绻着校园

李芯卓　李若雨　向虹瑞

成都嘉祥外国语学校成华校区

扫一扫，听故事

雨点沾染了秋意，如烟，如雾，如丝，如纱。飞溅的雨花仿佛是琴弦上跳动的音符，奏出优美的旋律。

漫步校园，那幽幽的桂花香引领我进入这条童话般静谧的小路。那石板小路伸进了岁月，砖瓦泥墙刻下了欢乐。柳叶的缠绵衬着桂花的甜软，透过迷离的树叶，远远望去，是别样的景色。那是值周班级的同学们，他们每人手持一把红色的伞。走近了，再近一点，听见值周同学关心低年级同学的话："小同学，天气渐渐凉了，你别只穿短袖啦，多加件外套，我帮你撑伞吧！"话语里带着未散去的温暖，似是绽放在伞面，又像绽放在心间。伞撑出了一片温馨的天地，连雨丝也消逝了。在雨过天晴的操场上，有一抹小小的彩虹，赤橙黄绿蓝靛紫，色色相映，色色不同，映照着同学们灿烂的笑脸，他们爽朗的笑声响彻云霄。

在同学们的欢呼声下，排球活动月拉开了帷幕。主持人的话仿佛充满了力量，让同学们的眼中闪烁着星星般的光芒。"大家现在可以开始……"主持人话音未落，同学们就已摩拳擦掌，跃跃欲试。他们在操场上挥汗如雨，豆大的汗珠从脸上跌下，皮肤在阳光下闪现着古铜色的光泽，头发也因汗水粘在了脸上，衣服被汗水浸湿而显得深一块、浅一块，好像一拧就能拧出水。每个人的身上都散发着浓浓淡淡的气味，但那种气味并不难闻，因为那是努力的，敢于拼搏的味道。

也许曾经想过要放弃，但心中那无形的力量正默默支撑着自己，那就是伟大的体育精神——永不放弃！在取得好成绩的那一刻，笑容好像要把脸撑破了，心里荡漾着喜悦，幸福感不言而喻；即使没有取得名次，也不后悔，因为努力过，拼搏过。每次在操场上运动，我们都过得快乐而充实，想必这时光也会永存在记忆深处，永存在心间。

"咕噜噜，咕噜噜……"一阵奇怪又不和谐的声响闯入了这美好的时刻。哦，原来饭点到了呀！是什么香味在"勾引"着我们肚里的馋虫？我的鼻子一吸，就知道今天有麻婆豆腐、炒面、特色干锅、毛血旺。进入食堂一看，还真是！麻婆豆腐最是诱人，色香味俱全，颜色晶莹红润，味道麻辣鲜香，不用尝，就知道味道极鲜极美。炒面像一条长龙，蜿蜒盘旋，味道一定棒极了。

当微风轻柔地托起一丝丝柳絮，当太阳把它金色的光辉悄然披在一棵棵俊俏的樟树上，当美丽的花瓣在空中悠悠打着卷，再轻轻地落下时，我们正幸福地享受着烂漫的校园生活。校园每天都是新的，我们的喜怒哀乐组成了一支支动听的曲子，构成了一首首美妙的交响乐，欢乐质朴的旋律传递着校园生活的幸福。

慧眼

校园文化，一曲流动的歌

"观乎天文，以察时变；观乎人文，以化成天下。"《易经》里的这句话，论及的就是"以文化人"。校园是学生学习生活的场所，更是一个强大的文化磁场。校园文化如同一曲流动的歌，随时随地感染、浸润着学生的心灵。在这个故事中，作者笔下美丽的校园秋色，温馨的人情氛围，丰富的学生活动，散发着和谐、奋进的文化气息，营造出学子诗意栖居的充满生机与活力的精神家园。

一股暖流涌上心头

余山立

成都嘉祥外国语学校

窗边听雨，我不禁觉得有丝寒意。独自品一杯热茶，提笔描写那位严肃而不失活泼的老师，一股暖流涌上心头。

他的姓极为特别，就如同他的性格一样。他没有魁梧的身材，相貌平平，却魅力十足。他矮胖矮胖的，肉肉的脸上嵌着一副圆圆的眼镜；他总是留平头，显得意气风发。上课时，他声如洪钟，又抑扬顿挫。他写得一手好字，遇到学习重难点，总是用不同的颜色标示，并细致地讲解，还时常令人防不胜防地抽问心不在焉的同学。

为了摆脱考试成绩“年级倒数第三”的帽子，为了追赶上其他班级，作为班主任的他对我们非常严格，也费尽了心思。自习时，他总是来到班上，严厉管教那些活跃分子，督促我们静心学习；他建立了学习小组，让我们相互学习，相互帮助，相互竞争；他还为我们布置了拓展性的学习任务，让我们在掌握书本知识的同时，也开阔眼界，丰富知识……

不苟言笑的他，常与我们同甘共苦，打成一片。那次排球比赛，我们与1班对垒，本来不分伯仲，但由于我班队员配合不默契，输掉了第一局。第二局开始了，只听见呐喊声划破长空：“11班加油，11班加油!”随即，整个比赛场地热闹起来，球来球去，比分交替上升。他坐不住了，手中紧握着扩音喇叭，带领着周围观战的同学大声助威：“11班加油，11班必胜!”只见他涨红了脸，眉毛眼睛皱到一块儿，拉长的嗓音、接连不断的喊声冲向天际。大家的喊声此起彼伏，穿云裂石，好像一剂剂强心针打在排球队员身上，让他们全都精神抖擞。当裁判吹响结束的哨声，并将手指向我们的时候，全班同学都欢呼着跳了起来。我们终于体验到胜利的喜悦和团结的力量。再次向他看去，只见他容光焕发，那整天皱着的五官终于舒展开来，异常激动地放开嗓子高声祝贺我们的胜利。

……

在窗下，我写着关于老师的短文，他带给我的感受，如同手中的这杯茶，回味无穷，暖人心房。

对了，或许有人急于知道他姓甚名谁。免了吧。熟知他的人不言自明，而对不熟悉他的人来说就算是留下点悬念，让他们在嘉祥风格各异的老师中寻找这位暖心的人。

师魂铸就精神后盾

无论是在常规的管理中，还是在课堂教学中，嘉祥的老师对学生都严格要求，并兢兢业业，真诚付出，旨在帮助学生在人生的关键时期打下长远发展的坚实基础。他们将真挚的爱与满腔的热情注入学生心中，他们身先士卒，为学生加油打气，鼓励其战胜一个又一个困难，取得一个又一个胜利。嘉祥学子面对师魂铸就的精神后盾，成长力量聚积，感恩之情萌发，以质朴的笔法真情地为老师“造像”。

那枝特立独行的“莲花”

李笑语

成都嘉祥外国语学校

在嘉祥，我的老师给了我无穷力量，让我蜕变成全新的自己。但很多时候，一声道谢总难以开口，一句问候总停在心头，只有某天落叶满地，记忆才会使感恩之言全部涌出。

“菊之爱，陶后鲜有闻，莲之爱，同予者何人，牡丹之爱，宜乎众矣。”如今我们喜爱的大多是逼真的素描、恢宏的油画、幽默的漫画，却很少有人推崇我国最古老的艺术——国画。但，我的美术老师却钟情于它。

她是四川花鸟画协会副主席，但洗净铅华的她，更是一个一心求进的学者，一个喜爱写意画二十余年的痴人。

她一向是端庄安静的，上国画课时，却会滔滔不绝地讲起齐白石的细虾、徐悲鸿的烈马、郑板桥的劲竹、潘天寿的雄鸡。她谈到自己时，却收敛起眼中无限的光芒，只浅浅地一提，留下的有自豪，更有谦虚。“水墨画是变化无穷的，二十多年了，我也总算掌握了些许皮毛，从不敢说自己学完了，也不敢说自己学懂了。”我惊叹于她的率真天然，也惭愧于自己平日的一知半解却不肯钻研。

“今天我们画学校中的玉兰花。”她抽出一卷素宣，缓缓铺开，轻轻点染，将瘦骨嶙峋的毛笔拖了出来，再轻描淡写地将浸渍墨汁的笔尖一皴、一擦，如云彩静悄消湮；一点、一收，如菡萏开合舒卷；一横、一撇，如高山奇绝幻变；一扫、一挥，如狂蟒蜿蜒游走；一勾、一勒，如沙鸥惊掠海面——“意匠惨淡经营中”“斯须九重真龙出”，一方墨痕，姣好地开出一朵朵墨香四散的玉兰花，晃得我心旌摇曳。此时，无论是大笔点染还是工笔细描，我都看不甚清，只觉得那是一株真正的玉兰，开在她笔尖，绽在她心头。

只见她怔怔地凝望着那幅写意画，眼中满是虔诚。我不免震撼："那是个含着画笔的灵魂。"她在下课之前如获至宝地捧着一幅花鸟画："你们觉得我画的是什么?"大家七嘴八舌，却说不出所以然。"这是一只锦鸡。"我暗暗答道。因为在她的案前，我不止一次地注意到，伏案的她正在琢磨一只只形态各异的锦鸡，它们的眼睛仿佛闪烁着光芒，就像她的眼睛一样。

"丹青不知老将至，富贵于我如浮云。"美术教室装点了她笔下凌霜傲雪的枝枝红梅，展览馆里留下了一片片她点缀的喜鹊彩羽，但她依旧如一位栉风沐雨的信徒，整日与墨砚做伴。我惊叹：这才是一位老师、一位画家！她忠于自然，放下世俗所不能舍弃的东西，寄情于白山黑水间。但我却难以有这样的热情、执着的勇气。感谢她，将诗意与画意传递于我。

榜样并非刻意为之

苏联教育家马卡连柯说："不要认为只有你们同儿童谈话、教育他、命令他的时候才是进行教育。你们是在生活的每时每刻，甚至他们不在场的时候，也在教育着儿童……"这段话，强调的是教育者"行为"和"榜样"的作用。而榜样并非刻意为之，在很大程度上是行为方式的习惯性体现，精神气质的自然流露。"欲齐其家者，先修其身"，教师经修炼而成的良好素养，往往能在不经意的流露中感染学生。故事中的美术老师，其高雅的气质、执着的追求、谦虚的品格，在作者饱含深情的笔下跃然纸上。在学生的心目中，她"是一个一心求进的学者，一个喜爱写意画二十余年的痴人"。当学生感恩于老师"将诗意与画意传递于我"，榜样的作用便产生了。

生离死别与刻骨铭心的爱

扫一扫，听故事

谭　垚

成都嘉祥外国语学校成华校区

人人都要经历从亲人相守相伴到亲人逐一离别的过程，谁也无法绕过。人生就是这样残酷！过去，我总觉得和亲人分别是很遥远很遥远的事情。

然而今天，一次活动把我无情地推到这可怕的情景边缘。活动的规则是，在纸上依次用笔划去五个自己最爱的人。望着纸面上五个亲人和师长的称谓，我手中的笔颤动着，划去谁？我不明白，既然要写上，又何必划去？早知要划去，又何必写上？面对吧，这无非就是一场模拟的生离死别！但如此的心灵磨难，还是让我陷入惆怅、恐怖的深渊。

抬起笔，妹妹，对不起，我划去的是——你！感谢你在我伤心时用“无声”的肢体语言安慰我，谢谢你好妹妹，我深深为我有这样一个妹妹而骄傲。我爱你——妹妹！

又要划去？不，我割舍不下！可这是规则，划去吧！笔尖轻缓平静地落纸，一幕幕难忘的场景再一次在脑海中浮现，是那么清晰，又是那么模糊……

爸爸吗？他可是家里的坚实后盾，他日夜奔波，在千里之外，拼了命地工作，在海拔 3000 米的大山上，爸爸一丝不苟地指挥工人们干活，为的是公司收益高一些，也为了我们能够生活得更好！

妈妈吗？女儿的成长几时脱离了她的关爱？在家，望着女儿快乐的背影，她欣慰地笑了；住校了，妈妈看着我离去的背影，有丝丝的失落，日日盼望女儿回家。

……

辗转思量后，笔落在了“爸爸”这里。对不起，在还未来得及报答您十一年的恩情的时候，就将您划掉，真的，很抱歉，但我必须这样做。

还要划掉吗？我做不到，做不到。剩下的三个人，我划不下去了，划不下去了。已经划去了两个最爱，我真的狠不下心来，余下三个人给了我太多太多。

陈老师？在我考得较差而禁不住落泪时，用手抚摸着我的头，亲切地安慰我。那一声声“孩子”，叫得那么温暖，那热乎乎的大手给人的感觉竟是那么的舒适。

方老师？我屡屡受挫而又如此执着，正是因为她不断地给我打气，使我不再害怕失败。虽然每次只有两三句话，虽然有的话我还不能完全理解，但她的眼神，她的语气，给了我勇气和力量。

大屏幕显示：“请依次划去你所有最爱的人”。这时我苦涩一笑，无奈一叹，划吧！划吧！这是规则，逃也逃不掉，逃不掉！

放下笔，我恍若从一场灾难中死里逃生一般，突然悟到了什么。悟到什么了呢？刚才，在我脑海里闪现的亲人和老师，他们对我恩重如山，我必当回报！怎么回报？最起码，我绝不会让爱我的和我爱的人失望，我要他们活得快乐，活得幸福！为了他们，我要活出不同，活出精彩。哪怕有一天，他们中的某个真的不在了……但我是他们生命的延续，我会将他们的一切传承下去。

与我共同经历了刚才那场残酷体验的同学们，来吧！让我们以一颗颗赤诚的心，去拥抱那关爱我们的每一颗火热的心；以加倍的爱，去回报那荡气回肠、地久天长的爱。

慧眼

唤醒感恩之心

一次令学生百般为难的特殊的德育情感体验活动，产生了这篇催人泪下的文字。在按规则依次在纸上划去自己最爱的人这一过程中，亲人、师长那百般关爱之情强烈地撞击着作者的心灵，在难舍难分而又不得不分的内心挣扎中，作者猛然体悟到人间最珍贵的东西——来自亲人和师长的爱，并开始懂得应义无反顾地回报这无价的爱。感受爱，回报爱，是人类走向真善美的能量。这种让孩子精神历险、情感冲突的体验活动，是那样的刻骨铭心，它以虚拟的生离死别，激起孩子对爱的敏感，唤醒沉睡的感恩之心。

西出阳关

符力夫
成都七中嘉祥外国语学校

扫一扫，听故事

自你我分道后，除去晨练时几句琐碎闲聊，已是好些时日未曾有过长谈，今天就从你的名字说起吧。“同”的特殊含义便不提了，但我一向认为“桐”乃梧桐，是凤凰的居所。尽管许多时日你看起来更像只野鸟，但我一直相信你定有涅槃之日。当然，在大多数人眼里，你轻狂的形象也是根深蒂固的。至于在课堂上翻阅老师眼中的“异书”的场景，也是屡见不鲜。现在，没有了你期中考试计算题全军覆没的“壮举”，我在数学考试时竟缺少了一份安全感。

当然，前面的叙旧闲话，你尽可视为凑字数的把戏。在你转入国高后，我确有些话想对你说。

初二下期才知晓你要转去国高，同大部分同学一样，我认定你是为了逃避残酷的中考、高考制度，才如此早地决定走海外路线。我当时心中只是不舍，甚至还希望你无法通过国高入学测试，现在方明白此念甚是荒谬。你无非是进入另一种教学体制，而在这种体制下你也并不比我轻松。这是你在QQ上告诉我你正在考托福时我才意识到的，接着又知道你还在上网课，更加深了我的认识。尽管我曾戏称你日后必成“墨西哥首席人贩子”，但你远赴大洋彼岸的目标，实现起来也实属不易。

学业之外，我对你的其他情况不甚了解。但国高的阅读时间想必宽裕些许，“翻书人”的数量定然少些吧。在我周边，进入初三已鲜有“读书人”了。老王已从叔本华转战量子生物学，我阅尽周作人的作品后，没有去碰郁达夫和俞平伯的东西，我现在还是对鲁迅所称的“官场谴责小说”更感兴趣。

却不知你又在哪本哲学著作上勾画，也不知你是否新作了我最不喜的现代诗。

想必看到这里，你定会认为我“不知天高地厚”而露出轻蔑的笑容，可惜我无法看见。

看不见也罢。自从晓得你离开的真相之后，我便不再感到难过不舍了。好似分道扬镳后，我才发现两条道路原来是可以并驾齐驱的。尽管路间树草丛生，但我仍能从叶间草隙依稀看到你的身影，隐约听见你匆忙的脚步声。

就像前面所说，我坚信你会有蜕变的一天，我期待着。为能看到这一天，我还得加紧快跑以赶上你的脚步。记得《文化苦旅》里有一段文字：“阳关，再也难以享用温醇的诗句。西出阳关的文人越来越少，只有陆游、辛弃疾等人一次次在梦中抵达，倾听着穿越沙漠冰河的马蹄声。但是，梦毕竟是梦，他们都在梦中死去。即便是土墩、石城，也受不住见不到诗人的寂寞。阳关坍弛了，坍弛在一个民族的艺术疆域中。”

但我一直幻想：每个读书人的心中都会有一座阳关，他们忧郁地看着窗外青青柳色，饮尽最后一壶酒，带着心脏跳动的温度，小心翼翼地走向冰冷的阳关之外。回头看，那些阳关，一定比坍弛的那座更坚固、更雄伟。但朝向西方的路途，定是更荒渺、更漫长。

不多说了，既已西出阳关，那就走出坎坷荆棘，阅尽好山好水吧。

延伸友谊路，续写同学情

这个故事以书信体抒发同学离别之情，借《渭城曲》神韵与《文化苦旅》咏叹，取“阳关”意象为文脉，以略带凄楚的笔调集结文字，伤感、诙谐中涌出柔柔的暖流。作者在回顾过往和衷情祝愿中，延伸友谊路，续写同学情，难舍中充满希望。将作者短暂的人生旅程与内敛、深沉的文人气质相比较，其文风似乎折射出作者超越年龄的精神“早熟”。或许，这种早熟正是来自文学的浸润和催化。生命成长的样态是多种的，节律是有差异的，以开放、包容的环境和多元的文化促成生命的个性化成长，这何尝不是教育所期待的？

桂花飘香

扫一扫，听故事

张馨月
成都市郫都区嘉祥外国语学校

陶渊明爱菊，爱它高洁淡雅；周敦颐爱莲，爱它出淤泥而不染……而我独爱桂花，爱它代表的浓浓的友情……

思绪回到两年前的那个雨夜，我静静地躺在床上，脑海中却无法平静，总是闪现那天中午的一幕幕，心里充满了愧疚。

中午，阳光明媚，我慢步进入寝室，发现一个人也没有。我低头看了看手表，才12：41，早着呢。我索性拿出随身携带的本子、铅笔与橡皮，坐在床铺上画画。

时间就这么一分一秒地过去了，寝室的人陆陆续续地回来了，全都不约而同地躺下睡觉，我一脸疑惑地看了看手表，心想：哟，离睡午觉还有几分钟的嘛，这么早躺下干什么？不急不急……

副寝室长许看见我还坐在床铺上画画，连忙说："快躺下，一会儿有老师来查寝。"哦，我还以为是什么事呢，原来是老师查寝，我不由得翻了个白眼："还早着呢，凭什么我要现在躺下？"

她显然被我漫不经心的话惹恼了，忍不住吼道："就凭这是寝室不是画室！"

"嘎吱"，就在这时，门开了，我心一惊，连忙以迅雷不及掩耳之势躺下。查寝的老师一走进来，就看到还未来得及睡下的许，厉声说："你叫什么叫？没看见其他同学都睡下了吗？"

许的眼圈一下红了，一脸委屈地指着我："是她……"

“我不管她什么她，反正我进来时她是躺着的”，老师看都不看我一眼，要按制度履行她的职责。

我躲在被窝，目睹了事情的全部经过，不由得在心中窃喜：哈哈，这就是和我作对的下场！

起床了，在我们整理好床铺之后，许瞪着双兔子般的眼睛回来了。看着许一脸的委屈，我的心似乎被一双手猛地揪了一下，有说不出的愧疚。是啊，明明违纪的是我，许只不过在提醒我罢了，而受罚的却是她，这事无论落在谁的头上 ，都会想不通。我想去道歉，可当着大家的面又开不了口，站在许面前半天说不出一个字来。许翻了一个白眼，径直从我身边走过，只留下一股淡淡的桂花香。

那天晚上，我在床上翻来覆去地睡不着。突然，灵光一闪。第二天放学，我偷偷在许的座位上放了一张纸条——周五，体育课，桂花树旁见。

好不容易熬到周五，体育课一解散，我便快步跑向桂花树，却还是晚了一步。看到已经站在桂花树下的许，我走近她，轻声地说：“对不起，让你受委屈了。”她静静地说：“其实我也有不对的地方，我原本不应该那么大声吼的……”

微风吹过，吹起许的头发，飘来阵阵桂花香，我发现，许好美……

今年秋季开学，许没有来，她转学了。留给我的，只有那桂树旁的回忆，还有那阵阵桂花香……

自省，生命成长的阶梯

人生谁无过错？更何况是成长中的孩子。重要的是能自省和思过改错。室长因提醒作者遵守作息纪律而表现出的急躁，引起查寝老师的误解，导致她不得不接受制度的处罚。目睹室长受罚和承受委屈，作为事件的始作俑者，作者经历了由幸灾乐祸到深深愧疚与自责的心理变化，终于在自省中选择在桂花树下向对方道歉。室长大度地原谅了作者，并表示“其实我也有不对的地方”。她的宽容和自省，在作者的记忆中留下了浓墨重彩的一笔。自省，是生命成长的阶梯；人生境界，因自省而走高。

拳拳“进取心”

学生成人成才，不仅有赖于教师人格魅力的感召、专业智慧的启迪，还有赖于成长途中的每一次障碍跨越和困境突围。而这种突围，包括对学业失利的焦虑排解，对目标不达的纠结化解，对行为偏差的反思改善，对未来走向的自主选择。这些都是学生成长路上不可或缺的，支撑这些的则是超越自我的拳拳进取心。

老“雪”满我心

汤云姣　杨浩澜　曾雨扬
成都七中嘉祥外国语学校

扫一扫，听故事

在学生口中，她是“Jerri”“雪儿”；在她自己口中，她是“老人家”——但“老人家”不老。很难想象，一个如此年轻的老师会有如此亮丽的人生履历——大学考入华东师范大学，环境科学专业本科毕业后参加英语专业考研，与数百位英语专业高才生同台竞技荣膺第八；英语、汉语门门清，四川话、上海话样样溜；其后又在上海某重点高中任教十余载；后返川就职，回报故土……她就是深受同学爱戴的薛雪老师。

“理科学霸”半路“出家”教英语

“桃李不言，下自成蹊。”光鲜的过去从未成为薛雪老师的谈资；谦虚、低调的她总是以自身的学识与人格魅力感召着莘莘学子。虽原为“门门顶尖”的“理科学霸”，但“半路出家”入教坛的她，却总对英语持有近乎偏执的热情。身为准 native speaker 的她，英语基本功深厚扎实，对英语国家文化有着深入的了解与独到的认识。对表达细节的推敲总为她的“大孩子”形象增添一分小可爱。其英语课堂，不落窠臼，妙趣横生，笑语不断；其英语教学，丰富多元，系统全面，毫无死角。而每日常规的听写、复习更是对学生的有效督促，时时让学生温故知新。作为她的学生，想不优秀，真的很难。

作为一名思维敏捷、知识丰富的女子，薛雪老师拥有一套独一无二的知识网络，上课时常常“信马由缰”地联想发散。对学生而言，虽不能每次都“get”到其意，濡染日久，“功力”亦颇有精进。“严师出高徒”，我们固非高徒，薛老却实为严师。对我们抱有极高期待的她，时常以“乡巴佬”“真穷”等谑语来批评我们词汇量的浅薄，而偶尔长篇大论的纯英语“骂街”也无不流露出薛氏优雅。

“火眼金睛”让一切无所遁形

她有一双“火眼金睛”。你的一举一动、一颦一笑，在她眼中都是你内在精神世界的写照，你的一切都无所遁形——所以，小心！

她喜爱观察周遭，频频深入生活区——这使她对每个同学都了解深刻，能更好地帮助我们调整状态。Jerri 对我们的关注不仅限于表面的行为举止，更深入举止背后的精神觉悟。也因此，她对于成绩的在意远不及对我们态度的在意。

身为一个班主任，Jerri 对班级管理颇有心得。她时刻关注我们的团结精神，把班级变成一个大家庭，让班级充满爱的气息。我们有自己的班级生日会。在会上，全班同学都会为寿星庆祝。她经常称呼我们为“小猪”，而我们对她的爱称则是“猪妈妈”。

作为班主任，Jerri 常常鼓励大家，给大家以信心和动力。在成绩方面，她甚至形成了一套独特的理论——螺旋式上升路线。她总能很好地把握一个度，在我们能力所及的范围内，制定一个个小目标，让我们在一个个小目标完成后实现一个大进步。

“巾帼不让须眉”铸就了特有气质

Jerri 是一个极好相处的人。她说话幽默风趣，甚至带着俏皮的孩子气。据说她是因为喜欢《猫和老鼠》中的 Jerry 而取英文名 Jerri 的。

在乒乓球赛场，她巾帼不让须眉，在俯仰起落之间挥汗如雨，最终在比赛中斩获全校女子组第一名。在羽毛球场和塑胶跑道上，也时常看到她矫健而自信的身影。

几个月前，Jerri 身体不适去做了手术。医生强烈建议她好好休息，她却压缩了休养时间，提前回校。后来她又患上重感冒，却仍然没有休息，哑着嗓子低声坚持授课。这些细节很平凡，但平凡中孕育着伟大。

当你看到一个处处都优雅高贵的人物时，应立即提醒自己，他/她优雅的风度并不是天生的，而是源于严格的自我控制。Jerri 身上的诸多美德，彰显着她对自身的高要求，对未来的高追求。

照亮学生前行路

教育家夸美纽斯说：“教师的嘴是一个源泉，从那里可以产生知识的溪流。”教育是一门艺术，需要教师运用幽默来巧妙化解矛盾，用引导来助力学生成长，以尊重架起心灵的彩虹。而学生就像一粒粒刚种入土壤的种子，需要为师者的细心呵护。在这个故事中，薛老师的特立独行赢得学生的称道。她课堂上幽默诙谐的语言让学生兴味盎然，班级管理中的“火眼金睛”洞悉学生的思想起伏，充分的尊重闯入学生的心灵深处，而在生活中“巾帼不让须眉”铸就的特有气质不断浸润着孩子们……薛老师的一言一行、一颦一笑带给学生信心与力量，照亮学生未来的人生路。

告别挣扎

杜双伶

成都七中嘉祥外国语学校

扫一扫，听故事

对她来说，坠落的恐惧远比向上的希望来得更真实、更强烈。

大家都在为了更好的未来而努力着，拼尽全力以接近自己的梦想，但她却在原地踌躇。她明白时间的宝贵，却无法抑制自己的胡思乱想：我走上的这条路是通向我的梦想，还是南辕北辙？每天都要努力学习来保持自己的成绩，只能挤出一点点时间来摸一摸画笔。这究竟是一个正确的选择，还是一次懦弱的随波逐流？

“走了走了，再不去上美术课就要迟到了。”班长用他粗粗的嗓门催促道。她只好停止胡思乱想，收拾好东西，走出了教室。

或许，美术课就是离梦想最近的吧。她走在路上，自嘲地想。但她明白，在学业繁重的高中，美术课不过是换了一个地方上自习而已。美术老师自顾自地讲，同学们自顾自地做作业。如果自己认真听讲的话，反而会被当成怪胎吧。她默默地垂下了头。

走到美术教室，里面只有两个同学。在教室角落的桌子旁，一个魁梧的身影端端正正地抬肘提腕，一笔一画，给人一种从容、淡定之感。

她好奇地看了看，目光在那张摊开的画纸上停留了许久。也许，是来听课的老师。她没多想，找了一个位置坐下了。

同学们陆陆续续地来了，教室里开始变得热闹起来。今天是高一下期的第一节美术课，大家稀薄的兴趣还没来得及散尽，有不少同学看向教室角落里那个对嘈杂不为所动的身影，并饶有兴味地谈论几句。

上课铃响了，但大家并没有收敛的意思。直到一声浑厚的声音压倒了教室里所有的喧嚣："好了，同学们。上课了，请安静下来。"她惊讶地回过头，看见那个之前一直坐在角落的身影不紧不慢地走到讲台上，简短有力地说："我是你们新的任课老师，我叫曾武。"换新老师了吗？她心里毫无波动地想。这位名叫曾武的老师环视一周，无视台下各种窃窃私语，继续说了下去："美术，不是一门你们可以敷衍的学科。在我的课上，不允许有人做其他学科的作业，也不允许有人聊天。美术这门学科所培养的，是一个人的精神审美，这是塑造你们人格的重要部分，将会影响你们的一生。"

大家似乎都被这种郑重、严肃的气势镇住了，不由得停下了手上的作业，抬起了头。

"今天是我们的第一堂课，我想跟大家讲一讲艺考的事。我明白我们班上选择艺考的同学很少，甚至没有。但我还是要跟你们讲，毕竟这也是人生的一条路。我希望你们在这节课之后，可以对艺考这条路有所了解。当然，如果我们班上有想去考艺考的同学，也可以下课来找我交流，我可以给你辅导一下。"

她猛地抬起了头，惊喜地看向曾老师。无论如何，她总算可以触碰到自己梦想的边缘了！

"嘉祥对于艺考的学生是十分支持的，不会因为你文化课还'学得起走'，就让你不参加艺考。而嘉祥的学生去参加艺考，目标都是中央美院、中国美院，或者清华美院。这些学校对于嘉祥的学生来说，是有很大可能的……

"说到艺考，只要你认真听了我的美术课，那么理论部分你是完全没有问题的。或许有的同学已经决定了，有的同学还在犹豫，但我想告诉你们的是，你们的未来不只有参加高考这条路，还有很多选择。好了，下课了，同学们休息吧。"

她磨磨蹭蹭地留到了最后，鼓起勇气问了关于艺考的事。

曾老师破天荒地露出了一丝温和的笑容，说："其实你现在开始准备艺考也不算太晚，只要能够取得家长的支持，是完全可以在艺考中取得一个好成绩的。"她兴奋地攥紧了手。即使说服妈妈看起来是那么的困难，但仅仅这一句肯定，已经让她心中充满了希望。

回到教室，有同学好奇地凑过来："你想去考艺考吗？"她愣了一下，犹豫地说："还在纠结啦……也不知道家长会不会同意。""嗨，你板报画得那么好看，学美术的话一定很厉害。""不过是随便画画而已……"她嘴上这样回答着，心里却更加清楚了自己的选择。

她知道妈妈最终会支持她的，妈妈并不是一个顽固的家长，妈妈最希望的就是女儿能快乐。

她感到未来会逐渐清晰而又充满希望，因为她已经不用再纠结和挣扎。

走自己喜欢的路

高考应选择怎样的专业方向？人生之路要怎样走？在很多时候，学子们要么瞄准易于就业的热门专业，要么随大流，要么按家长的意志选择。因此，走自己喜欢的路会变得很难。故事中的主人公"她"，在高中学习阶段因此而经历了选择的纠结与内心的挣扎。终于，幸遇新来的美术老师，迎来了摆脱纠结的契机。美术学科虽不为大家充分重视，但老师仍以敬畏之心履行这门学科的教学职责，并严肃地指出美术学习的价值所在，同时满怀热情地鼓励有志于此的学生报考美术专业，并表示愿意在专业学习方面帮助学生圆梦。这对"她"来说，无疑是雪中送炭。"她"由此坚定了走自己喜欢的路的勇气和决心，也看到未来的路逐渐清晰并充满希望。如何让孩子走自己喜欢的路，这是当今教育主体应思考和回答的问题。

守望星空

文　馨

成都嘉祥外国语学校成华校区

扫一扫，听故事

“上次布置给你的报告写完了吗？今天之内和那篇市场分析报告一起交给我！”小文脑海里回想着领导的话，强撑着困倦的双眼，却一个字也打不出来。高强度运行了一天一夜的大脑，已经不愿意再为她提供哪怕一点一滴的灵感。

“这篇总结问题太多，自己好好看看，重新写了给我！”啪的一声，一个文件袋被扔在了小文的办公桌上，像一块巨石狠狠地砸在她的心上，压垮了最后一道防线。忍了许久的泪水再也控制不住，终于放肆地夺眶而出。

她真的很不快乐，她觉得离梦想越来越远。

名校毕业的她，读的是最热门的经管专业，刚毕业就顺利进入跨国企业工作，因为有学生时期写作获奖的经历，被安排做文秘工作。

按理说，她已经足够的幸运；按理说，她有条件做好这份工作。可是现在的一切都让她喘不过气来。

她打开了电脑里的一个文件夹，那里面是她闲来写下的随笔散文，有的在比赛中获了奖，有的刊登在文学杂志上，还有的只是被她悄悄地写下来，从来没有示人……

她看着那些从她的笔下流淌出的文字，抹了把脸上的泪水，嘴角情不自禁地上扬了起来。

写不同的东西是不一样的，她想。

她想起上大学前填报志愿的时候，所有人都没有怀疑过填报经管专业的正确性。其实，她内心更喜欢文学。她还悄悄地问过她初中的语文老师，那个让她真正认识并爱上文学的人，想听取他的建议。老师一如当初，告诉她应做自己喜欢做的事；一如当初，提醒她别忘记文字的美、文学的美。她当时没有采纳他的建议，可也一直没有忘记他的话。

她打开QQ，找到了那个备注为“凯哥”的好友，对话框里的上一条信息离现在已经快五年了。

“凯哥，好久没有和你聊天了，有一点想念以前和你谈心的时候。”

“我突然又后悔大学没有学文学了，我其实还是想做一名作家。”

出乎她意料的是，她竟然很快就收到了回信。

“还记得我呢？不用后悔，喜欢就去写，文学是用心去感受的，有心自然就会写。上次在杂志上看到你的文章，显然比以前写得好了嘛！我还很骄傲地给我的同事看呢！工作累的时候，就用写作让自己放松一下吧。”

这个带她走进文学世界的老师啊，虽然过了这么久，还是和当年一样温和、善解人意和睿智。

她揉了揉发疼的脑袋，看着压得她喘不过气的各种文书，突然想起初中时凯哥想方设法地少布置点作业，让大家有时间去感受文学之美。结果，多出来的时间却被越来越多的其他科的作业挤占得一干二净。

她突然觉得心头敞亮了一些，现在工作再忙，毕竟还有自己能支配的时间，于是，对工作也不再那么焦虑了。

后来，她在工作上越来越得心应手，渐渐晋升到更高的职位，直到有一天，她出乎意料地辞职了。在所有人难以置信的目光中，她说，自己打算做一名职业作家。

“虽然还没有什么名气，但业内有前辈认可我，愿意指引我，而且前几年有一些积蓄，怎么样也能养活自己的。”面对家人的质疑与反对，她这次没再妥协。

一夜爆红的事情并没有发生在她身上，但她并没有后悔，因为她已经实现了自己的梦想，并真实地乐在其中。

不久后的一天，她又一次点开了与凯哥的对话框。

“凯哥，我终于要出自己的书了！能给我一个你现在的地址吗？想寄一本给你！如果不是你，我可能真的与梦想渐行渐远啦。”

“恭喜你啊！”

这时，她情不自禁在键盘上响亮地敲出一行字：我能够一直虔诚地守望星空，是因为有人与我一起守望。

找准人生的方向

良师，之所以为良师，不仅仅在于忠实履行知识启蒙和传播的职责。曾经的嘉祥学子，面临职场的失意和现实的尴尬处境，在老师的帮助下幸运地支取和享受了过去储存的知识财富。依然被学生称作“哥”的老师，当初引领“她”进入文学的殿堂，播下了希望的种子，而今又为徘徊在人生十字路口的“她”重拾希望、加油助威，促其梦想成真。在老师的眼中，这些也许是平平常常的应然之举、本分之为，而在学生那里，却是其感念终身的善举。良师之为良师，正在于为学生追寻梦想而尽本分、供能量，进而帮助学生找准人生的方向。

“断线”的风筝

张祉耘

成都七中嘉祥外国语学校

扫一扫，听故事

“科代表，来一下，我们去抱一下下周的周考卷，顺便一起把各个班的卷子数出来。”吴老师从教室门口探出头来，招呼着科代表过去。

四个科代表如往常那样，跟在吴老师后面，一路有说有笑地往办公室走去。

路过天桥时，一群小学生从旁边跑过，嘻嘻哈哈地聊着，领头的手里拿着一只被涂得五颜六色的小风筝，一边跑一边朝后面追赶的孩子扮了个鬼脸，又引起一阵哄笑。小风筝在大家眼前掠过，一阵光影变幻。五个人都笑了，分不清光影里是和煦的阳光还是斑斓的风筝。

吴老师忽然想起了什么，朝背后的四人嘀咕了几句，大家会心一笑，七嘴八舌地讨论起来。一路聊着聊着，就到了办公室门口。

“报告！”四人洪亮的声音响彻办公室，让摞成山的卷子也震了几震。接着，科代表便鱼贯而入，驾轻就熟地数了起来。笔尖摩挲着卷角的窸窣声，嘴里的嘀咕声……让吴老师心里暖洋洋的。

小张很快数好了卷子，开始帮别人数了起来，眼睛却时不时地偷偷瞟吴老师几眼，也不知道在紧张什么。

很快，卷子数好了。吴老师从抽屉里掏出几本书，一一递给大家：“这本书就当预付你们的工资吧。”

“谢谢，谢谢！”大家笑着接过，迫不及待地翻看起来。

书名叫《追风筝的人》，是本很有名气的书。

小张一下就被封底的文字吸引了：我们总喜欢给自己找很多理由去解释自己的懦弱，总是自欺欺人地去相信那些美丽的谎言，总是去掩饰自己内心的恐惧，总是去逃避自己犯下的罪行。但事实总是，有一天，我们不得不坦然面对那些罪恶，给自己心灵以救赎……还没细细品味完，他的思绪就被吴老师的声音打断："好啦好啦，要上课了，回去再看！"吴老师拍了拍小张的肩，招呼着大家回教室。

先前追风筝的小孩们早已不见了踪影，天上的云在四处飘荡，散了又聚，聚了又散，像飞扬的风筝，随风摆动。

转眼间，周考时间到了。小张发下上周数好的卷子，就回到座位上奋笔疾书起来。两个小时的卷子，小张一个半小时就做完了，于是胸有成竹地拿出《追风筝的人》看了起来。

吴老师改卷子也改得很快，第二天就把卷子发了下来。不出所料，一直第一的小张继续得了第一。吴老师在班上表扬了小张，全班掌声雷动。

下课铃声和着掌声响起，小张兴奋地朝吴老师跑去。

吴老师笑着摸了摸小张的头，突然问道："你上周数卷子的时候是不是看了题目，然后回去搜了答案？"

小张面色一怔，笑容僵住了，眉眼紧张地跳了跳："啊？我……我……没有。"

"那为什么你做的现代文答案和标准答案一模一样？"

"啊？我……我……我不知道。"

教室外又有一群小孩跑过，领头的手里同样转悠着一只五彩斑斓的风筝，从教室里望去，像是风筝拽着天边的白云在跑。

其他同学围了上来，吴老师意味深长地望了小张一眼，接着便淹没在七嘴八舌问问题的人群中。小张一个人呆呆地愣在原地，直到上课铃声响起，才慢吞吞地朝座位挪去。整节课，小张都盯着《追风筝的人》，像断了线的风筝，眼神恍惚，面色苍白。

第二天，小张拽住了前去接吴老师的小飞，支支吾吾地说道："那个，能不能拜托你帮我给吴老师道个歉，说我没脸见她，就不去亲自道歉了。"

小飞应了声，飞快穿过天桥，向办公室跑去。

"吴老师，小张说他对不起你，没脸来向你道歉，让我转达他的悔意。"

吴老师长叹了口气，望向天空中的白云："没事，人人都有犯错的时候，下次不再犯就是了。”

小张听完小飞的转述，心像刀扎似的疼。

几周以后，又是一次考试，小张拿着一张得了第一名的卷子，兴奋地朝吴老师跑去，不小心撞着了一群小孩，小孩手中的风筝从他头上飘过，在蓝天中摇曳。

小张的视线越过风筝，恰好与吴老师充满笑意的眼神交汇。吴老师手里的《追风筝的人》是那样显眼。

远方，白云聚散，风筝飘扬。

走出错误的泥淖

教育无处不在，教育其实很简单。它就在教师的一个个“不经意间”进行着。在成长的征程上，学生难免会犯错误，难免会出现这样那样的问题。这就需要教师从学生的角度出发，随时以一双敏锐的眼睛，捕捉每个教育的契机，引导学生走出错误的泥淖。在不伤害学生自尊心的同时，让他们发自内心地去认识错误、改正错误，努力做一个负责任、有担当的人。在这个故事中，细心的吴老师从小张的卷子中发现了蛛丝马迹：“你上周数卷子的时候是不是看了题目，然后回去搜了答案?”“那为什么你做的现代文答案和标准答案一模一样?”在看似不经意却深入的问询与质疑中，吴老师引导小张去认识错误，反思自我，进行改进。小张前后两次拿到“第一名”卷子后的神态变化说明：不经意间发生的教育，最具有入情入心的作用。

风雨后总能见彩虹

李芯卓

成都嘉祥外国语学校成华校区

扫一扫，听故事

秋风萧萧，落叶纷飞。世界因为秋天而变得缤纷多彩，我们的校园生活也随之丰富起来。

又是一个星期一，周考到了。我信心满满地去考试，等待着第二天成绩出来。拿到卷子时，我的手在微微颤抖。看着很低的分数，我的心像被泼了一瓢冷水。下课后，我拿着试卷，感觉全世界的红叉都朝我飞来，组成了一张巨网，将我死死地困在里面动弹不得。我缓缓地走出教室，来到食堂端了一碗色香味俱佳的面，却一口也吃不下。我放下筷子，离开闹哄哄的食堂，来到寂静的小径，开始漫步校园。万物仿佛已经凝固了。两旁的梧桐树落下了金叶，我拾起一片，想为自己的生活增添金色。地上的泥土散发着沁鼻的清香，香气弥漫在空中，翻滚，流淌，让人神清气爽。野花的芬芳更是无与伦比，尽管那一丝香味是短暂的。而这一切，都无法让我忘记老师那严峻的目光。我总想对谁倾诉自己心中的痛，却找不到那个听我倾诉的人。

不知不觉，我来到了电话亭旁，滚烫的泪水竟不知不觉地滴落下来，滑进了草丛……慢慢的，我坐在了电话亭旁的板凳上，想给妈妈打电话。正在这时，一只小蚂蚁映入我的眼帘。在小蚂蚁的前方不远处有一小块面包屑。但遗憾的是，面包屑和小蚂蚁之间横着一根枯木。小蚂蚁一次又一次尝试翻越枯木，都失败了。我心想：小蚂蚁你怎么拗得过命运的安排？

秋风拂过，天空中乌云慢慢散去，一缕阳光从云中渗透出来。我回过头，看见小蚂蚁仍未放弃。它挣扎着，猛地翻过了枯木——最难的“关卡”，顺利爬到了另一边吃到了面包屑。我愣住了，太不可思议了，小小蚂蚁竟然越过了这么大的木头。

此时，我忽然觉得头顶阳光灿烂，温暖了我的身体。是小蚂蚁给我内心注入了一股热热的能量！小蚂蚁都能战胜困难，我又为何不能战胜自己呢？成功与失败都是成长的印记，失败了又如何，爬起来，从头再来。泰戈尔说得好："如果你因失去了太阳而流泪，那么也将失去群星了。"校园的生活是美好的，雨后总会出现彩虹。

那天，我聆听了唐老师富于哲理的话："在风雨中奔跑过的孩子才更能领略到雨后彩虹那别样的美。你是幸运的孩子，等到了属于你的彩虹——你的心灵更丰富了，在成长的路上更进了一步。老师想告诉你的是在成长路上，不是只有踽踽独行，还有人愿意与你风雨同舟。"

是啊，不经历风雨，怎么见彩虹？老师的话如醍醐灌顶，令我领悟到该如何面对人生道路上的风风雨雨。

失败是成功之母

人生旅程，有成功，也有失败。虽然失败令人苦不堪言，但没有经历过失败的痛苦就无法体会到成功的不易。"失败乃成功之母"，这句话告诫我们：不要害怕失败，也不要在失败面前灰心丧气、停滞不前，而要迎难而上，挑战自我。其实，失败并不可怕，可怕的是我们没有战胜失败的信心、勇气与力量，可怕的是不能从失败中总结经验与教训，可怕的是无法从失败中走出来。故事的作者在遭遇周考失败的打击后，失落、沮丧、伤心等消极情绪随之而来。但是，当作者无意间看到小蚂蚁克服艰难险阻，历经曲折，最后战胜困难获得成功的情景时，他获得了启迪，受到了鼓励，增强了勇气，坚定了战胜困难的信心，并在老师的点拨下坚信：风雨之后总能见彩虹。

花季的雨

陈泽童

达州嘉祥外国语学校

扫一扫，听故事

春天的花季，是校园一年中最美的时候。而我，也邂逅了达州嘉祥的第一个花季和花季的第一场雨。

清晨的天空，一半像渲染开来的淡墨，一半像还未散匀的朱砂。远山如剪影，近处的一只鹅黄色蝶儿上下翻飞，又从花丛中翩跹到我的指尖来了。可我却无心留恋这春季花景，内心满是凄迷。一次又一次考试的失利，让我的自信节节败退，悲观压制住了整个身心，就连行走呼吸都痛不可言。我并非不努力，也并非头脑不灵，为何学习总是不能获得相称的回报？我一面叩问自我，一面掩面叹息。

傍晚的一声雷，唤来了花季的第一场雨。雨声如泣如诉，搓揉着我敏感的耳，也刺痛了我的心。记忆中，梨花开得浅白，一切景物都在淌着水，包括我的面颊。也许，我是真的应该选择放弃吧。我望着窗外的雨，梦呓般地自语。

我正想离开，一抹金灿留住了我的思绪。原来，一株油菜在校园里扎了根。这株野油菜被雨打得左右欹斜，但她仍然昂扬，叶边的水珠像少女的眼泪。这株油菜噙着眼泪微笑着，这眼泪，是倔强的眼泪，这微笑，是绝不低头的微笑。一次凄风苦雨又如何，哪怕是狂风暴雨又如何？她坚信，自己可盛开在这个花季，不畏风雨地张扬着生命的活力。

我深深地，深深地感动了。我又何尝不是处在人生中最美的花季，所经历的困难又何尝不是花季的一场雨？即使当前有凄风苦雨的阻挡，我又何必叹关山难越，路在何方？人如花，放弃生长便是放弃希望，向阴雨投降也就丢失了整个花季。面对这株野油菜，面对这场花季的雨，面对人生中的磨砺，也许，我应该“何妨吟啸且徐行”，更应该以此花之姿态，“一蓑烟雨任平生”！

在挫折中挺立

每个人的一生，都不是一帆风顺的。每个人都会经历不少挫折，遇到许多坎坷。也许，我们付出了，并不一定有收获；我们坚持了，仍然难以成功。不少人正在对自己的怀疑和否定中苦苦徘徊而无法自拔。面对一次又一次考试的失利，陈泽童同学不断叩问自己、进行反思，在是放弃还是坚持的矛盾中，他看到一株野油菜花在风雨袭击中仍然倔强地挺立，顽强地生长，并展示出亮丽的风姿，他终于豁然开朗，重拾起成功的信心，坚定了奋起的决心。

不负初心

陈霄澜
成都嘉祥外国语学校

扫一扫，听故事

进入初中，青春的岁月悄然而至，无声无息。她做好准备，一路奔跑，朝着明艳的晨曦，心中一片光明，希望拥抱没有遗憾的青春。

然而，踌躇满志，想在新的环境里拥有新的起点并一展宏图的她，却在真实的考验中经历了失利的煎熬。

刚入学，老师提到一周后要竞选班委，她跃跃欲试。然而，小学时数次竞选失利的情景浮现在她眼前。她纠结起来。

老师看出了她的顾虑，鼓励道："如果想去，那便争取去吧。"于是，她忐忑地走上讲台，在黑板上写下了自己的名字。一笔一画，像是一场庄重的仪式。手心微微渗出汗水。这是一个全新的开始，她期待忘掉从前的不堪，迎接新的旅程。

那日的阳光很是明媚耀眼，穿透树叶的缝隙丝丝缕缕落在教室的窗上。她望着黑板上记录的竞选投票数字，不觉有些刺眼。失败令她茫然：自己放弃休息时间，四处奔走，找材料，写文稿，最后的结果为何总是如此不堪？她的希望似乎幻灭了。

身边的同学笑闹依旧，自己十分在意的事情，其发生和结果，对他们来说是那样的平平常常。而她，却迈不过这个坎。

老师察觉到她的失落，找她谈话。她嘴上回应"没什么"，心里却难以释怀。"算了"，老师笑道："无论如何，不要忘记你的初心。朝着你的目标前行，也就没有遗憾了。"

不忘初心？她浑身一震，这几个字在脑海里定格了。初心，我的初心是什么呢？她诘问自己。

为什么要参加班委竞选？是为了获得老师与同学的另眼相看？为了拥有“高人一等”的权力？

她想，都不是的。只不过是想对这个班级有一些帮助或贡献，以此来证明自己的价值。“穷则独善其身，达则兼善天下。”她想成为那个兼善天下的人，因此才参与竞选，担任班委是一个能为大家服务的机会，同时也能绽放自己的光芒。

她释然了：竞选不上班委又如何呢？只要有这份为班级付出、为大家奉献的心，便够了。

她轻快地走出办公室，室外的阳光依旧耀眼，她朝着阳光，步入一段全新的旅程。

释然超脱前行

在这个故事中，主人公参与班委竞选，因期待与结果的错位，现实与理想的脱节而陷入深深的纠结和焦虑。如何化解心中块垒、振作精神前行？百般失落的她，“为大家服务”的初心被老师唤醒，想到参加竞选的目的原本就是“对这个班级有一些帮助或贡献”。于是，她对竞选失利释然了，回归初心，“朝着阳光，步入一段全新的旅程”。这个故事带给人的启迪是：人的成长之路漫长，旅途中的坎坷、失落磨炼着人的心性和精神，在这必须面临的心性历练、精神跋涉中，自我的调控和良师的开导，是突围心灵障碍、释然超脱前行的良方。

勇往“前行路”

学生需要足够的勇气才能在成长的路上前行。教师的引导、同伴的影响、自我的追求，共同汇聚为前行的勇气和力量。在学校生活中，习惯的养成，困难的克服，同伴的相处，都要经历不适应到适应，不成熟到成熟的过程。这个过程，就是增强勇气、打造底气、顺利前行的过程。

“一个人要像一支军队”

扫一扫，听故事

李欣然
成都嘉祥外国语学校

一步，两步，三步……谁的脚步声这样铿锵？是我的老师。正是这坚定有力的大跨步提醒着、引领着我们阔步向前。

“听说换了个语文老师！”“好像是个年轻温柔的女老师。”课前，教室里充满了开学的躁动和叽叽喳喳的议论声。

上课铃声还未敲响，但有节奏的、响亮的高跟鞋在走廊上响起：一步，两步，三步……同学们顿时安静下来，聆听着越来越近的声音。突然，教室门被推开了，一位身穿白衣黑裙、容光焕发的女老师大步流星地迈进教室。她，就是我们新来的语文老师——杨静。

虽然杨老师的名字普通得不能再普通了，但她的教学却与众不同。杨老师不主张大家搞题海战术，而是要大家加强阅读，着力提高自身的语文素养。“读书可以经历一千种人生，但不读书只能活一次。”杨老师打算把我们班打造成一个书香班级，鼓励大家做“灵魂有香气的人”。

当然，为了让我们有更多的时间阅读，杨老师给我们减轻了负担：作业量是依表现定的，因材施教，实行个性化作业制度。这本是一件好事，但有同学笔头作业少就钻空子偷懒，导致第一周语文周考的成绩不尽如人意。

一步，两步，三步……沉重的脚步声传入同学们的耳朵里，杨老师抱着一叠试卷走进教室，往讲台上一掷。教室里顿时鸦雀无声，大家都认为温柔的杨老师这次肯定要大发雷霆。但杨老师没说话，只是一直看着我们，好像在审视陌生人一样。我看到惊讶、失望、疑惑、难过在她清瘦的脸上一一浮现。这节课，杨老师说的第一句话是“一个人要像一支军队……”

此后虽然没有受到什么惩罚，但同学们都心照不宣地去办公室接杨老师上课，积极地分析试卷，上课活而不乱……我们不能让杨老师失望，不能让她铿锵、轻快的步伐失去节奏。我们班也要像一支军队。

这学期开学后，丹桂飘香的时候，我迫于其他学科的压力，没有考好语文，心情自然就比较低落。杨老师几次在课堂用眼神提醒我，可我总是没什么信心。终于，在一次晚自习的时候，我被她叫到了教室外面。

杨老师靠在走廊的栏杆上，像朋友一样和我有说有笑。她并没有提起我最近的学习状态，只是和我谈了一些理想和未来：“你记住，只要你认为是对的，就只管往前，不论脚下有什么坎坷都只是过眼的风景而已。”杨老师用手撑着我的肩，没有再说什么。我第一次察觉到她的手是那么的瘦小。我也惊奇地发现：一年来，我已经比她高了。我看着杨老师的背影渐行渐远，昏暗中，她似乎挺了挺腰板，在我心中踏出一条路来。

一步，两步，三步……我感受到了杨老师带给我的信心与力量，并因此而铿锵前行——一步，两步，三步……

教育不是“主宰”

教育是一种潜移默化的影响，是用生命影响生命、用生命温暖生命的过程。教育不是“要求”的代名词，更不是“主宰”的场域。在教育过程中，教师不应采取说教和强迫的方式，应在平和、冷静中以自己的言传身教潜移默化地影响学生、带动学生、发展学生。故事中，杨老师摆脱了传统的“灌输式”教学方式，立足学生的实际，尊重生命的发展规律，以全新的理念、有前瞻性的眼光影响学生；尤其是在学生遭遇周考成绩不理想时，也没有责怪，而是对学生进行鼓励、提醒、帮助。正因为老师在春风化雨、潜移默化中带给学生信心与力量，学生才能在成长之路上铿锵前行。

让我们一起“奔跑”

扫一扫，听故事

陈星竹
成都市郫都区嘉祥外国语学校

晚自习，我的同桌——那个戴圆边眼镜的女孩，手中的签字笔在洁白的试卷上留下一行行娟秀的字迹，记录下她此刻所有的思路，草稿本上的数字整整齐齐，依次帮助主人检阅答案。

我忍不住问她：“老师既然没有要求做，你又何苦大费心思做这些枯燥的数学题呢？你本可以利用这空闲时间好好玩的。”她手中的笔暂停于二元一次方程的求解过程中。她扶了扶眼镜，认真地看着我说：“学习从来都不是要你去做的事，而是你想要去做的事，它让我感受到获取知识的过程是如此快乐。”她顿了顿，歪着头说：“就像……就像龟兔赛跑中的乌龟，尽管它先天不足，但依旧不放弃，不服输，最终赢得了胜利。就算兔子没有骄傲自大地睡着，我想，我这只乌龟也会尽自己最大的努力去减少差距。在兔子胜利时，我衷心祝贺并告诉自己，下一次要努力奔跑！”她向我笑了笑，继续她的“龟兔赛跑”。我会心一笑，收起我的小玩意儿，拿起复习卷同她一起“奔跑”。我们都在期待乌龟奔跑后胜利的喜悦，一如那一次运动会。

那一次运动会，全体同学都挤在学校操场中间的绿茵场上，老师在上面播报着一个又一个项目的名称。“女子 800 米长跑，请六（2）班选手上跑道就位！”我的心揪了起来。昨天她在体育课上为了准备今天的比赛，在操场上来来回回奔跑了十多圈，其间被一位从侧面冲过来的男生撞倒在地，膝盖破了皮，冒出了细小的血珠。

“嘭！”指令枪的声音突然从耳旁炸开。我一恍神，她已经跑完一圈了，只见她拼命摆动着双手，有些发青的嘴唇被她紧紧咬住。很快，她又进入了第三圈，体能、速度上拥有优势的她已经甩开了别人大半圈。第三圈半，100 米，90 米，80 米，“扑通”一声，双脚颤抖的她一下倒了下去。我赶忙冲到她面前，她的下唇已经被牙齿咬出一排牙印。我搀着她的手，感受到了她的颤抖。这一耽搁，已经有些同学从第二圈跑入第三圈了，我握住她的手低语了一句：“乌龟。”她愣愣地看了我一眼，笑了：“好，乌龟！让我们一起奔跑。”我搀起她，并在她旁边陪跑。她咬紧牙关，含着泪水，一大步又一大步。20 米，左腿往前迈，右腿大跨。10 米，听到后面传来脚步声，她纵身一跃，扑向终点。0 米，陪跑的我蹲下来，扶起她说：“嗯，乌龟还是赢了。”她疲惫地笑着说：“我就知道乌龟会赢，毕竟，它会奔跑。”

对啊，即使没有骄傲的兔子，我们也要挑战自我，努力奔跑。如果乌龟没有逼自己奔跑，不管兔子睡多久，它都不会成为幸运的赢家。

拉回思绪，我看着无声伏案的她，静静地想：如果，我想要成为赢家，那就要摆脱驻足不前的现状，迈开脚步，和她一起奔跑。

携手相伴，共创美好

告别家庭来到学校，沐浴在知识的海洋中，是每个学生人生最美好的阶段。当然，人生的每个阶段都有特定的任务，人生的过程难免会遇到坎坷、曲折。而与有影响力的同伴相处，则能互相给予前行的力量。学习上，可以相互激励；生活中，可以相互帮助……在这个故事中，作者的同桌以坚韧的精神、坚强的毅力在学习上努力“奔跑”，在运动会上勇敢奔跑，深深地感染了作者。“即使没有骄傲的兔子，我们也要挑战自我，努力奔跑。如果乌龟没有逼自己奔跑，不管兔子睡多久，它都不会成为幸运的赢家。”作者由此下定决心与同桌携手同行，共创美好。

坚持就是胜利

扫一扫，听故事

魏亦涵
成都七中嘉祥外国语学校

一年一度的校运动会即将开幕，全校同学都积极参与其中。可问题也随之而来，短跑、接力、跳高等项目都有同学积极报名参加，唯独长跑这一项目还差一个人。同学们将这一“重任”交给了我。

听到这一消息，我的心凉了：倒不是我不愿意参加，而是我前几次长跑的成绩都不理想。在犹豫过后，我还是决定服从大局，听从班上的统一安排，和另一个同学参加长跑比赛。于是，我平复了心情，调整了心态，下定了“拼”的决心。

比赛当天，烈日炎炎，我提前做好了准备。可是，当我看到一个个高大健壮的对手时，还是紧张得不行，感到了莫大的压力。

“预备——跑!”随着裁判员的一声令下，鲜艳的旗帜甩出一道弧线，一个个体育健儿如离弦之箭从起跑线上冲了出去。当然，一开始我并没跑在最前面。他们短跑式的跑法令我望尘莫及，但我早已做好了心理准备，我只是让自己保持稳定的节奏，争取不落在最后。但仅仅几秒钟的时间，我就落在了最后，并且离大队伍越来越远。我有点慌了，担心自己会远远落后。还好，班上的另一位同学并没有打算一开始就发力，他和我离得不远。与我不同的是，他好像没有任何担忧，而是全神贯注于自己的步伐，我也因此稳住了心态，并逐渐加快了步伐，想要追回一段距离。但刺眼的阳光成了我最大的阻碍。我累了，很累，手在脸上一抹，已感觉到满头大汗了。此时我责怪自己：平时为什么不坚持锻炼呢？如果平时坚持得好，现在就不至于这样又累又掉队。

可现在想这些又有什么用呢？我把注意力重新集中在调整自己逐渐凌乱的步伐上。看看其他人已经跑过全程的一半，我感到失败已成定数。但值得高兴的是，我的同学，已凭着坚强的意志力和强健的身体，一点点地超越了许多人，步入了前五名。我受到了鼓舞，于是调整呼吸，加快步伐，决心在这最后500米冲一冲！

我继续跑着，速度明显快很多。渐渐的，我追上了倒数第二名。当我超过他时，看到他也在大口大口地喘着气，步伐也稍显凌乱。显然，他已体力不支。此时，我不顾一切地往前冲，顾不得大腿酸疼，也管不了嘴里一阵阵令人恶心的甜味。

这时，不少人已经完成了比赛，只剩下我们几个人还在拼命奔跑。我想起海明威那句话："一个人并不是生来就是要给打败的，你尽可以消灭他，可就是打不败他。"我告诫自己：即便赢不了比赛，但我还要坚持，我要跑完全程！

当跑到最后一百米时，我已经看不清路了。于是，我索性闭着眼睛，紧咬着嘴唇，用仅有的一点点力气，跑了下去。

我几乎是刚跑完全程就摔倒了，或者说，就是摔过终点线的。我已经没有力气再站起来了，可是我没有"倒下"，我没有被打败！

我没有亲眼看到自己的成绩，同学告诉我跑了3分30秒。无论如何，这已经是我有史以来的最好成绩了。不管这场比赛结果如何，我感到自己取得了巨大的进步；不管我跑得有多么艰难，我毕竟跑过。正如高中学习这条路，不好走，但我毕竟走过。

功到自然成

俗语说得好："功到自然成。"一个人要想在某件事上取得成功，坚持是必要的条件。在当前的各种激烈竞争中，每个人都想取得成功，但只有一部分人能如愿以偿。人生的路很长，眼前的不成功并不等于永远不成功。那些失败者，往往是在最后时刻未能坚持而放弃努力，才与成功失之交臂。长跑，对魏亦涵同学而言，并不是长项，但他没有畏惧，也不怕失败。“即便赢不了比赛，但我还要坚持，我要跑完全程！”从他的坚持和内心独白中，我们相信：有这样的精神，在未来的人生之路，他一定会战胜困难，获得成功。

“332” 改善计划

扫一扫，听故事

程红智

成都嘉祥外国语学校

开学后，班上又来了一位新同学，我们“332”寝室添了一位新室友。看着新室友刚进寝室时那一副羞涩紧张的样子，我不禁在心里发笑，希望他能很快地融入这个小群体。为了缓和气氛，我根据他的身材和容貌，很快想了一个估计他能接受的绰号。“一室之友，大家随便些，要不，以后就叫你‘铁蛋’吧。”我的提议一下子得到了寝室中所有人的认可。我接着说：“以后‘332’就是你的家了，我知道你还适应不了，但没事儿，来日方长……”

与所有的转校生一样，“铁蛋”不仅要面对新的社交圈，还要融入陌生的学习环境。他每天都坐在教室中不那么显眼的一角，沉默不语，体验着被各科老师呼来唤去订正作业的不愉快。他生得矮小，整日背着一个将他衬得更加矮小的偌大背包。他总是第一个到教室，最后一个离开。所以，寝室就成为我们唯一可以和他交流的地方。

身为“332”的室长，我将交流的重点放在改变他窘迫的现状上。本着室友们“营造欢乐，传播正能量”的初衷，我们大家决定瞒着“铁蛋”，做一个帮助他适应的计划。

没错，发布“铁蛋”的绰号就是计划实施的开始。这样一个富有感染力的绰号，让所有人都开始关注他。刚开始，他因别人这样叫他而不知所措。也许，同学们的关注使他有所改变，他开始变得稍稍主动，开始笑起来，开始尽力融入集体。但这并没有改变本质，所有的改观也都只是昙花一现。“332”室友们也察觉到这一点，于是，又开始下一个行动。

他从不主动和我们说话，以至于我们对他的了解就仅限于他的名字。不过，没有什么能难倒我们。我听取了室友们的意见，采取了一个刺激他的“极端”方法。

那一天，所有人都回来得很早，铁蛋去借电话了，我们将他喝剩下的半瓶牛奶“藏”到了他的枕边。不久他回来了，我们每个人都压抑着笑声看他的表现。不料，他回来后先是一副惊讶的样子，继而眉头舒展，显现出一种镇定，好像什么也没有发生一样。我们像平时一样交谈着，用眼角的余光打量着他。感觉到他不会主动开口之后，我去试探了一下：“怎么了，看你好像不开心呢?”“没什么。”他没有抬起头望向我。突然，我感到一丝难过与自责。“你是在找你的牛奶吗?”“嗯”，他用极小的声音回答我。我侧目看了一下其他几位同谋者，想必他们也有同感吧。迟疑了几秒，我于心不忍地说：“对不起，我们将你的牛奶藏在你的枕边了，我们只是想……”我的话被他脸上的豁达打断。“没关系，谢谢你们。”他抬起头给所有人一个意料之外的微笑。后来，我们竟因“牛奶”开始交流起来，我第一次听见他对一件事发表自己的看法，第一次知道他还有一副稍显稚嫩的嗓音。我看着他手里捧着我们藏起的牛奶。呵，它的味道，一定会很甜吧。

弄巧成拙又收获颇丰后，我们开始进行第三步——规则灌输。我们将班规、校规一股脑地塞进他的脑袋，又总是在他听得百无聊赖时送上一个笑话。从此，他好像变了，或许那才是最真实的他。他在课堂上除了主动配合老师，时不时还会举手提问或回答问题。我们“332”寝室室友们总是会在这一刻相视一笑。

寝室里，阳光依旧明媚，深秋的阳光竟多了些成熟与优雅。“铁蛋”走进寝室，向上铺的我投来一个礼貌的微笑，我问道：“你终于适应了吗?”“托你们的福，这比预想的时间还提前了”，他说完不忘耸耸肩。“那牛奶的事……”“别提了，我早就忘了。还有，谢谢你们给我取的这个名字，它挺适合我。”

我们都不禁大笑起来。这一刻，我终于相信，他总算把这里当作了家……

“与人和谐”的自我修炼

与人和谐，善待他人，标志着生命由幼稚走向成熟。为使孤独、拘谨的新同伴尽快适应环境、融入集体，室友们“密谋”制定和实施“绰号发布——物件藏匿——规则灌输”的“改善计划”，并达到了预期效果。这个发生在孩子们寝室的小故事，蕴含了这样一个道理：尊重他人、关心他人的品质形成，除了要靠教育和外部正能量的影响，还要靠自我修炼。这种修炼是在日常的集体生活中，经历大大小小的事件来完成的。比如，室友们以良好的愿望帮助新同伴融入集体，在成功中产生愉悦的心理体验，这就是生活情景中的自我修炼。从“室长”得意的讲述中，我们可以感受到那种发自内心的满足感、自豪感。以“与人和谐”为出发点的意识与行为，正是在这种自主作为和自豪感中得到强化和巩固的。

追逐那一米阳光

何　婷
成都嘉祥外国语学校

扫一扫，听故事

我第一次注意到她时，她坐在教室的窗边，捧着一本书，津津有味地读着。突然，她感觉到一束目光，于是抬起头。那双清澈的眸子，如阳光般闪烁在我心间。

上初一，我还找不到努力的方向，更不知怎样去努力。每天课间，就如麻雀一般，聊八卦，谈笑话。但我无意间看到她小小的身影，是那么与众不同。她静坐在教室的角落，目不转睛地盯着书，宛如一米定格了的阳光，瞬间照亮了我迷茫的心。我忽然记起了自己的目的——我是来学习的，不是来聊天的！我惭愧起来，赶紧回到座位，预习课文。这是我第一次审视自己，依靠一米阳光的亮度。

之后我开始关注她。她似乎对书情有独钟，甚至是痴迷。当我离开教室去食堂时，她仍坐在原处；当我在排队打饭时，她却在嘈杂的环境里捧着一本书，埋着头，旁若无人般驻足，别人在后面催促她，她才赶紧道歉向前走；当我吃完饭回到教室时，她已经在座位上了！书就像她身体的一部分，她到哪儿，书到哪儿。我终于按捺不住好奇心，在一个课间轻轻走到她桌边："你在看什么书？"她抬起头，那对清亮的眸子在发光："《老人与海》。"她一直在看名著吗？我还以为只是娱乐性书籍。

"你很喜欢书吧？随时都带着。"

"因为书里有我的梦想。"她很坚定。

"梦想？"

“我想成为一名作家，或者优秀的学者。”

我愣住了，我从未想过将来要做什么。

“每次看到这些文字，都感觉很幸福。”她说看书就像沐浴在春风中，很惬意。

“也许书本就是阳光吧。我把梦想藏在阳光里，假若以后能让更多的人感受到这份温暖，我愿意成为追逐阳光的人。”

我呆住了。从她口中流出的字，犹如蓝天下的金色音符，轻轻落在我迷惘的心上。她就像那一米阳光，暖暖地落在路途的远方。我突然想要追逐那一米阳光。

我开始在课堂上认真地记笔记，课后专注地复习。我也学她，利用零碎的时间背书做题。别人聊八卦时，我也不再凑热闹了，望一眼端坐在不远处的她，埋头，继续奋笔疾书。

她依然追寻着她的梦想。课间，她在座位上读书，有时还写诗。她还搜集了很多文人的资料，记录在她心爱的积累本上。她那方小小的天地里，总是布满阳光。每寸光彩，都吸引我向她靠拢。

我的成绩有一点点进步，她总是为我感到欣喜。

但天有不测风云，一次大考，我名落孙山。我心有不甘，更多的是痛苦和无奈——我付出了很多，为什么结果是那样！我把头深深埋进臂弯，泪水一滴一滴滚落。

“被淋湿的翅膀，才拥有穿越暴风雨的力量。”温柔的声音响起。

我抬起头，泪眼蒙眬中，她安慰的笑容恰似一阵春风，吹散了密布在我心间的乌云。

“我看见了你的努力。或许你的方法要改进。”她的眼里，满是鼓励。

在她的帮助下，我摸索着属于自己的方式，每当遇见挫折、阻碍，我的耳边都会响起她的声音。她执着的模样，是我向往的阳光。

也许，我们都在追逐阳光的途中。她的阳光是她的梦想，而我的阳光是她。也许在这途中，我会有迷惘和沮丧，但阳光永远在路途前方。

阳光照亮前方

人生之路，在某一阶段总有一些“重要他者”引导自己前行。他们，有的在困惑时指点迷津，有的在消沉时传输能量，有的在受挫时注入勇气。这些“重要他者”，或许是文学艺术作品中叱咤风云的历史伟人，或许是奋进创新、做出贡献的行业精英，或许是德高业精、尽心育人的学校老师，或许是朝夕相处、品学兼优的本班同学。在这个故事中，作者笔下的“重要他者”就是同学。作者以隽永而充满诗意的文字，生动地刻画了感动自己、影响自己、激励自己和指引自己的同学。这位同学以乐于助人、友善的行为和有理想、有抱负的精神，在作者的前行之路投下一道驱散迷雾的阳光。我们看到，促进生命自我成长、自我发展的能量在生生交往、生生共情中悄然生长。

编后记

历经一年多的精心策划、悉心编辑，书稿《润物无声，万花竞放——嘉祥教育故事》终于付梓。

在信息传播方式多元、快捷的今天，一本关于“教育那些事”的小书的出版算不得什么，但它是集众多作者教育情怀、研究精神与生活体验于一体的心灵书写，故其特定的价值与意义值得我们看重。

正是因为如此，我们在编辑这本书时，才会致力于对嘉祥办学历史的碎片式收藏，才会从日常的视角，以淡定的心态和理性的思辨解读每一个流露作者真情实感的故事。

这一个个故事，开启了一扇扇让人从不同角度管窥和感知嘉祥教育的窗口。这些在某时某刻发生在师生和家长身上或身边的故事，或许显得琐碎，或许极具个体性，但能使人从片段式的闪回中走进非虚构的教育现场，去局部性地触摸嘉祥二十年办学轨迹中的绵密肌理，去透视嘉祥这棵教育之树在阳光与风雨中延展的生命年轮。

办学现场有肌理，办学主体有年轮，意味着教育文化在生长、在流动、在积淀、在传承。尽管，我们暂时难为嘉祥教育文化固型命名，但当我们阅读一篇篇性情直露的故事时，当我们串起一颗颗未经抛光的珍珠时，分明感受到嘉祥教师、嘉祥学子及其家长的那种“拼搏奋进，追求卓越”的精神“在场”。这种精神，生长于嘉祥“为生活美好、社会吉祥”的文化土壤，体现了嘉祥文化的个性特质。正是这种特质，激发了嘉祥人对教育价值的坚守，对美好明天的憧憬，对走向未来的信心。嘉祥人坚定不移地共创生命美好，靠的就是以坚韧不拔的毅力和百折不挠的意志铸就的精神内核。

《润物无声，万花竞放——嘉祥教育故事》，是用精神之线对生命之珠的串连。一篇篇诉说着嘉祥人喜怒哀乐和个性化思考的文字，留下的虽然是日常化的工作、学习和生活印记，彰显的却是群体精神铿锵行走、高昂拔节的姿态。

为了记录嘉祥人的行走轨迹与姿态，众多同仁付出了辛劳。他们忍痛割爱，从征集来的1000余个故事中遴选并精心编辑了这本《润物无声，万花竞放——嘉祥教育故事》。在此，对他们的热情支持和艰辛付出深表谢意！他们是：

顾　　问　韩　震　杨　丹　陈跃红　岱　峻　曹纪祖　纪大海
　　　　　向克玉　向克浪

编委会主任　向克坚

编　　委　雷解民　吴　丽　高建中　蒋　涛　沈　翼　赵瑞海
　　　　　杨小平　李丛蓉　张　军　陈兴中　向薇薇

总 策 划　罗　铃

主　　编　向克坚

副 主 编　向晏平　何　刚

编　　辑　谭　洁　陈尔清　祝瑞霞　王　任　刘瑞颜　赵紫纬

编者

2020年4月